JN153976

科学探偵(かがくたんてい)謎野真実(なぞのしんじつ)シリーズ2

科学探偵 VS. 呪いの修学旅行

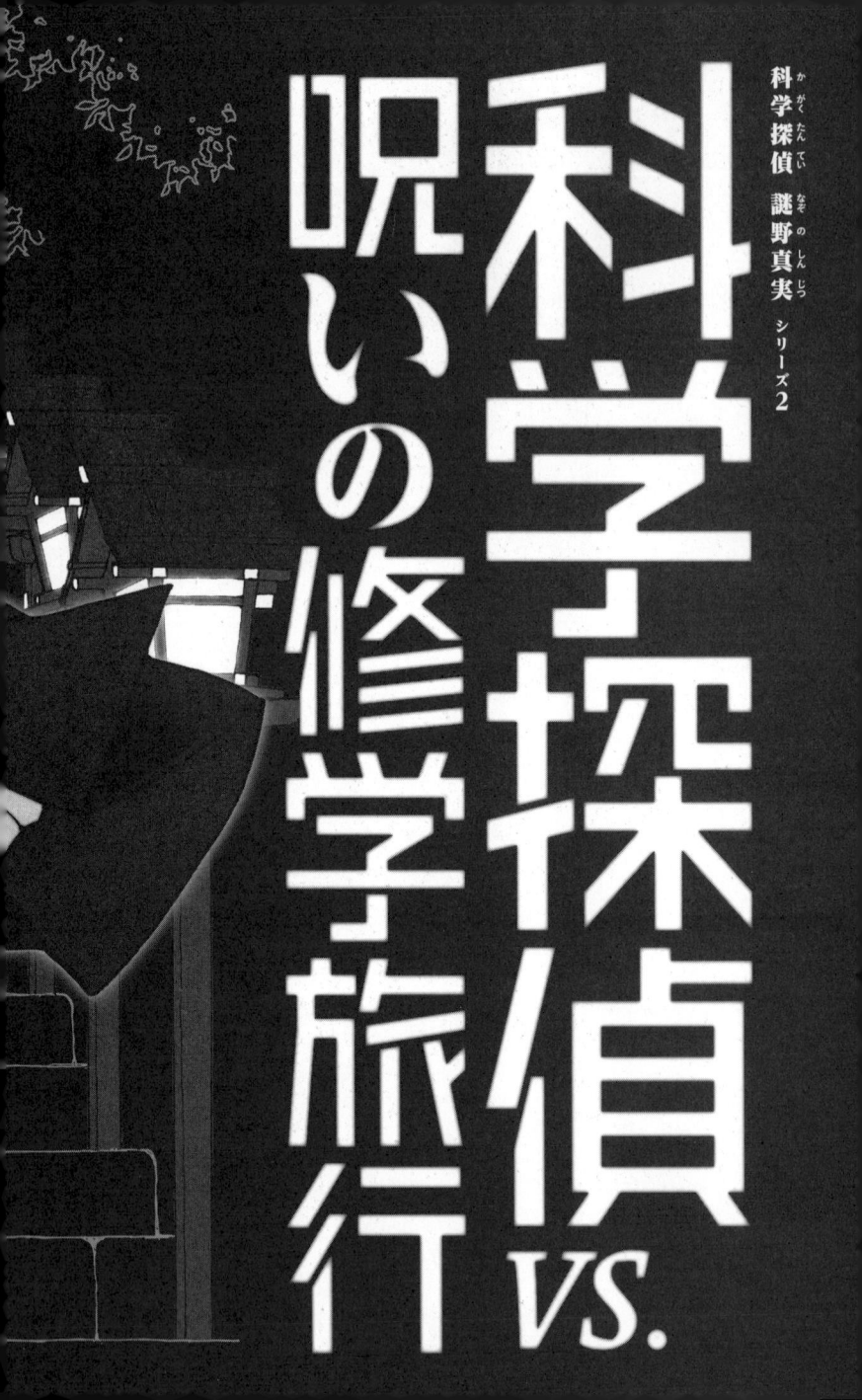

もくじ

登場人物……6
修学旅行の日程表 8
プロローグ……10

1 死者が戻る橋 18

2 呪いの逆さ少女 60

3 鬼がささやく寺 96

この本の楽しみ方

この本のお話は、事件編と解決編に分かれています。登場人物と一緒にナゾ解きをして、事件の真相を見つけてください。ヒントはすべて、文章と絵の中にあります。

4 闇に光る目 136

5 なぞのしんじつ 池に浮かぶ文字 174

6 写真のナゾ 212

花森小新聞 246

これまでのあらすじ

謎野真実は、行方不明になった父・謎野快明の手がかりを探すため、ホームズ学園から花森小学校に転校してきた。クラスメートの宮下健太とともに、学校に伝わる七不思議を次々と解き明かす真実。すべてのナゾを解いた真実に校長先生が渡したのは、父・快明から託された手紙だった。

登場人物

大前先生

6年2組の担任。理科クラブの顧問で、不思議な生物に目がない。

浜田先生

6年の学年主任。あだ名は「ハマセン」。空気はあまり読まない。

河合先生

6年1組の担任。ゆるふわカールで大きな瞳の、「花森小のマドンナ」。

杉田ハジメ

6年2組の学級委員長。あだ名は「マジメスギ」。規律にうるさい。

宮下健太

成績もスポーツも中ぐらいのミスター平均点。超ビビリなくせに、不思議なことが大好き。真実と仲が良い。

クラスは、6年2組。

謎野真実

エリート探偵育成学校・ホームズ学園からの転校生。天才的な頭脳と幅広い科学知識を持つ。「科学で解けないナゾはない」が信条。
クラスは、6年2組。

あや（右）
カオル（中）
ゆっこ（左）

6年1組の、うわさ好きでそうぞうしい女子3人組。

青井美希

「スクープ命！」の新聞部部長。取材力とカメラの腕には自信あり。健太とは幼なじみで、少々、妄想癖あり。
クラスは、6年1組。

花森小学校
恒例の
3泊4日の修学旅行。
楽しい思い出を
いっぱい
つくりましょう

日程表

1日目

午前

学校に集合【集合時間厳守！】
各クラスに分かれて、バスで出発
京都に到着後、清水寺を見学

午後

古くからの町並みが残る機織りの町・西陣を見学ののち、自由行動

【美龍仙旅館泊】
京都産の食材を生かしたおいしい食事と温泉の大浴場が評判の歴史ある宿です。

少女の幽霊が出る！

近くに死者がよみがえる橋!?

ピックアップ！

清水寺
奈良時代に創設された、京都で最も古い寺のひとつ。有名な「清水の舞台」からのながめは圧巻！

2日目

午前

秋の特別拝観中の相国寺を見学ののち、自由行動

午後

知恩院見学後、円山公園で休憩

【美龍仙旅館泊】

近くに鬼のお告げが聞ける寺？

ピックアップ！

相国寺
「鳴き龍」と呼ばれる天井画が有名。龍に向かって手をたたくと、何かが起こる！

夜に肝試しをするクラスもあるとか

3日目

午前

貴船から
鞍馬までハイキング

午後

【小池荘泊】
コイの泳ぐ池が美しい、
日本庭園のある宿です。

庭の池に言い伝えがあるらしい

4日目

午前

荷造りをして、宿を出発
土産店で買い物ののち、
バスで京都を出発

午後

学校着、解散

ピックアップ！

貴船神社
水の神をまつる神社。縁結びの神社としても知られている。珍しいおみくじがある。

家に帰るまでが修学旅行！

秋も深まった、ある日。

1台のバスが、紅葉した山々が見える高速道路を走っていた。

「では、聞いてください。先生が10番目に好きな歌です」

バスの車内では、学年主任のハマセンこと、浜田先生がマイクを握りしめ、カラオケを熱唱していた。

これで10曲目。6年2組の担任の大前先生は楽しそうに聞いているが、生徒たちはそろそろうんざりしはじめていた。

「ねえねえ、真実くん。ぼく、昨日8時間しか眠れなかったんだ！」

そんななか、宮下健太はひとり元気なようすで、となりに座る謎野真実に声をかけていた。

「8時間だったら、じゅうぶん寝ているじゃないか」

「なに言ってるの。ぼくは1日10時間寝ないとダメなんだよ」

健太の手にはクシャクシャになった「旅のしおり」が握られていた。

「ぼく、修学旅行に行くの、ずっと楽しみにしてたんだ～」

花森小学校の6年生は、修学旅行に向かっていた。

行き先は、毎年恒例の京都だ。

「『旅のしおり』以外にも、こんなものも持ってきたよ！」

健太はうれしそうに『京都観光マップ』と書かれたガイドブックを真実に見せた。

「わざわざ買ったのかい？」

「うん！　もう100回は読んだかな！」

「100回って」

真実はあきれて小さな溜め息をもらすと、自分の手元に視線を落とした。

そこには、1枚の写真がある。

先日、「学校の七不思議」の最後のナゾを解いたとき、林村校長先生から渡された封筒の中に入っていたものだ。

封筒は、行方不明になってしまった真実の父・謎野快明が校長先生に預けたもので、中にはこの写真しか入っていなかった。

「その写真、気になるよね……」

写真は、夜、どこか外で撮られたものだった。

満開の桜が写っていて、その木の前に

真実の父が立っている。

夜空には、いくつもの星が輝いている。

「桜が咲いてるってことは、その写真、春に撮られたものだよね」

「ああ、そうだろうね」

「真実くんのお父さん、いったいどこでその写真を撮ったのかな？」

「それはわからない。だけどそれがわかれば、父が行方不明になった手がかりがきっと得られるはずだ」

おそらく、真実の父が校長先生に写真を渡したのはそのためだったのだろう。

真実はそのナゾを一刻も早く解き明かしたいと思っていた。

「きやああ！」

突然、悲鳴が聞こえた。

真実たちが見ると、前のほうに座っていた数人の女子が、声をあげながら窓の外を指さし

ていた。

「どうしたんだ？」

ハマセンがマイクを握りしめたまま、女子たちのもとへ駆け寄る。

「先生、UFOが！」

「UFOだって？　そんなもの存在するわけが……、うわああ！」

ハマセンが窓の外を見ると、空にUFOのような円盤の形をした物体が浮かんでいた。

「そんな……ありえない！　これは夢だ！　ぬううう！」

自分のほっぺをつねるハマセン。生徒

たちもどよめく。

「本物のUFOを目撃するなんて！」

健太は「旅のしおり」をギュッと握りしめると、笑みを浮かべた。

「きっと、もうすぐ京都に到着するから、不思議な現象が起きたんだ！京都はその昔、『魔都』といわれて、不思議なことがいっぱい起きた場所らしいからね！」

健太は興奮ぎみに言った。

だがそのとき、真実が口を開いた。

「べつに不思議でもなんでもないよ」

「えっ、どういうこと？」

「あれは、UFOなんかじゃない。『レンズ雲』さ」

「レンズ雲!?」

健太をはじめ、生徒たちはみな、真実のほうを見る。

UFO
「Unidentified Flying Object」（未確認飛行物体を意味する英語）の頭文字を取ったもの。つまり、空を飛んでいて正体がわからないものは、どんなものでもUFOと呼んで間違いではない。

真実は窓の外をながめると、遠くに見える山を指さした。
「あそこに山が見えるだろう。山頂付近に風の影響を受けて湿った空気が昇ると、その空気が冷やされてあんなふうな傘みたいな雲ができるんだ」
「それって、あのUFOはただの雲、ってこと？」
健太がたずねると、真実は小さくうなずいた。

「この世に科学で解けないナゾはない」

「さすが謎野。いやあ感心感心」
大前先生がうれしそうに笑う。
理科クラブの顧問をしている大前先生も、レンズ雲だとわかっていたようだ。
「オ、オレもレンズ雲だと思ってたぞ。うん、当然レンズ雲だ」
ハマセンはあわててほっぺをつねるのをやめるとそう言った。
「先生……」
生徒たちはみな、ハマセンにあきれる。

真実はふと、手に持っている写真を見つめた。

「もしかしたら、この写真にも科学で解くべきナゾがあるのかもしれない……」

真実の父はホームズ学園の科学教師にして、天才科学者だ。この写真を真実に渡したということは、そのナゾを解けということなのかもしれない。

「だったら、修学旅行中に解いてみせる。ぼくなら必ずこのナゾが解けるはずだ」

真実は決意を固めると、写真を大事そうにポケットの中にしまった。

死者が戻る橋

呪いの修学旅行1

事件編

花森小学校の生徒たちを乗せたバスは、最初の目的地——清水寺へとやってきた。

清水の舞台に降り立った修学旅行生たち。

その眼下には、京都の町が広がっている。

「うわー、高いなぁ！」

健太は手すり越しに地面をこわごわと見下ろした。

「清水の舞台から飛び降りるってよく言うけど、

ここから飛び降りたら骨折じゃすまないよね？」

そのようすを見て、6年1組の青井美希はくすくすと笑い出した。

「健太くんってホント、昔っから怖がりよねー」

「そういう美希ちゃんだって、震えてるじゃないか！」

「わたしは寒くて震えてるだけよ。健太くんと一緒にしないでくれる？」

その日の京都は、まだ秋だというのに、真冬なみの寒さだった。北風が吹きぬける清水の舞台の上、修学旅行生たちはみな、見学どころではないといったようすでガタガタと震えている。そんななか、真実だけは用意周到にいつものマントを身につけていた。

「真実くん、いいね、そのマント、あったかそう……」

うらやましそうにつぶやく健太に、真実は淡々と答える。

「昨夜、近畿地方は急激に気温が下がり、京都は最低気温が5度を下回ったってニュースで言ってたからね。これくらいの準備は当然のことさ」

そのとき、3人のうしろで、独特のおっとりした声が聞こえてきた。

「みなさーん、この清水寺には、見どころがたーくさんあるんですよ～。なかでもいちばんの見どころは、ここ、清水の舞台です。崖下からの高さは、なんと18メートル。京都でも指折りの絶景スポットっていわれているんですね～」

解説をしているのは、河合先生だった。

美希たちのクラス、6年1組の担任の河合先生は、大きな瞳が愛らしく、生徒たちからは「花森小のマドンナ」と呼ばれている。

そこへ、健太たちのクラスの担任、大前先生がやってくる。

「さすが河合先生、大学で歴史を専攻していただけあって、京都のことにお詳しいんですね」

「まっ、イヤですわ、大前先生ったら！」

河合先生は、ポッと頬を染める。実は、河合先生は、3年前に花森小学校に赴任してきて以来、ずっと大前先生に片想いしているのだ。

「修学旅行のコースを決めた責任者として、これくらいの知識は当然のことですわ」

ゆるふわカールのロングヘアをゆらしながら、河合先生はうつむいたまま、解説を続けた。

「実はこの清水寺は、縁結びのお寺としても知られているんですのよ。縁結びの神様をまつった地主神社や、お祈りすると恋がかなうといわれる首振地蔵なんかもあって……」

「先生、お話し中、恐縮ですが、そろそろ次の場所へ移動したほうがいいんじゃありませんか？」

清水の舞台から飛び降りる
江戸時代に「観音様に祈って清水の舞台から飛び降りれば、けがもしないし、願いごともかなう」という迷信が広まり、実際に飛び降りた人もたくさんいた。ちなみに、清水寺に残る記録によると、生存率は約85パーセントだったという。

マドンナ
夏目漱石の『坊っちゃん』では、あこがれの女性のことをこう呼んだ。もともとは、イエス・キリストの母・聖母マリアをさした言葉。

「……え？」

顔をあげた河合先生の目の前にいたのは、「マジメスギ」こと杉田ハジメ。健太たちのクラス、6年2組の学級委員長で、規律を守ることを何よりの生き甲斐としている生徒だ。

「あれ？　大前先生は？」

河合先生は目をしばたたかせながら、ハジメにたずねる。

「珍しいクモがいると言って、あちらに行かれましたよ。そんなことより、清水寺での見学予定時間から逆算すると、清水の舞台を見学できるのは7分間だけです。時間は、すでに3分オーバーしていますよ」

「やだ、わたくしったら、ついお話に夢中になっちゃって……」

両手を頬に当てつぶやいたあと、河合先生は生徒たちに向き直った。

「それじゃ、みなさん、本堂のほうへ移動しましょうか」

寒風吹きすさぶ清水の舞台から一刻も早く移動したいと願っていた健太は、「助かった～」と心の中でつぶやく。

（日ごろはうるさいだけだけど、今日ばっかりはマジメスギくんに感謝だな）

そのとき、ハジメは振り返って、健太、真実、美希の３人をキッとにらんだ。
「キミたち、見学は班ごとにするのが決まりです。勝手に班を離れないように！」
「はいはい……」
真実と美希はスルリと離れていき、健太だけが運悪くその場に残される。
クドクドと説教を続けるハジメを前に、健太はうんざりしながら思った。
（……前言撤回。やっぱりマジメスギくんは、うるさいだけの人だ）

その日の午後は、西陣の町の見学だった。
ガチャン、ガチャン！
建物の中から、風情あふれる機織りの音が聞こえてくる。
歩きながら河合先生は、西陣について解説を始めた。
「織物の町として知られる西陣には、安倍晴明をまつった晴明神社もあるんですよ」
河合先生がそう言うと、「旅のしおり」がクシャクシャになるほど予習してきた健太は即座に答える。

「あっ、晴明神社、ぼく知ってる！」
「まあ、宮下くん、よくお勉強してるわね～。そう、ここ西陣は、知る人ぞ知る陰陽師の町でもあるんですよ」
「えっ、おんみょうじ？」
健太はキョトンとして、かたわらを歩いていた美希に小声でたずねた。
「ねえ、『おんみょうじ』って何？　お寺の名前？」
「えっ、全然、違うわよ」と、声をひそめて健太に言い返す美希。
「陰陽師っていうのはねえ……そう、今でいうところの超能力者？」
「ちょ、超能力者!?」
「今から千年前、平安時代の京都は、鬼、もののけ、怨霊などが跋扈する、それはそれは摩訶不思議な世界だったの。陰陽師は、そんなまがまがしき異界の者たちから京の都を守る役目を与えられた人たちよ」
「へえ！」
「なかでも安倍晴明はすぐれた能力を持つ陰陽師で、強大な力を持つ悪

跋扈
「跋」は「越える」、「扈」は「魚をとる竹カゴ」。魚がカゴからおどり越えて脱することから、「好き勝手に振る舞うこと」をいう。

泰山府君
中国の泰山にすむという神の名。人の生死をつかさどる神として、陰陽師にまつられた。

霊と戦って、これを退治したり、『泰山府君』という術で死者をよみがえらせたりしたといわれているのよ」

「すごい、すごいや、安倍晴明。かっこいい〜〜!!」

健太は、熱くなった。

(もし、ぼくが安倍晴明だったら……)

ゲームの主人公のように、悪霊と戦う自分の姿を想像し、健太はうっとりする。

すると、横から真実がボソリと言った。

「それは、物語の中だけの話だよ」

「え？」
「陰陽師として知られる安倍晴明は、実は天文学者で、科学者でもあったんだ」
「それじゃ、悪霊と戦ったっていうのは……？」
「単なる伝説だよ。平安時代には、病気や災害も悪霊のしわざと信じられていたからね。そんな時代の人々にとって、豊富な科学の知識を持った安倍晴明は、神秘的な、超能力者のような存在に映ったのかもしれない。少なくとも、ぼくはそう解釈するね」
（科学者かぁ……）
想像の中の安倍晴明が、健太の顔から真実の顔へと変わる。すると、そっちのほうが実在の安倍晴明に近いような気がしてきて、健太は思わず、「はあ……」と溜め息をついた。

西陣の町の見学が終わると、待ちに待った自由行動の時間となった。
「集合は2時間後ですよ！　5分前には、この場所に戻ってくるように。それと、くれぐれも班行動だということを忘れずに！」
ハジメは、先生が言ったことを繰り返し、みんなに言い聞かせる。

「ねえ」
健太と真実のもとへとやってきた美希は、小声でささやく。
「行ってみたいところがあるんだけど、一緒に来てくれない？」
「どこだい、それは？」
そうたずねたのは、真実だった。

「一条戻橋よ」

美希が答えると、健太は即座に言う。
「知ってる！　晴明神社から１００メートルほど行ったところにある橋だって、『京都観光マップ』に書いてあった」
「その橋にはね、死者がよみがえるって言い伝えがあるのよ。言い伝えが本当かどうか、確かめてみない？」
「うん、行く行く！」

健太はすぐに乗り気になったが、真実はそっけなく言った。
「悪いけど、遊んでいるヒマはないんだ。ぼくには、ほかにやらなくてはならないことがあるんでね」
父の写真のナゾを解き明かすため、真実はひとり別行動を取ろうと考えていた。
だが、歩きだした瞬間、健太と美希に両腕をつかまれる。
「そんなこと言わずに一緒に行こうよ。……ね、真実くん？」
「だから、そんなヒマは……わっ！」
真実は、健太や美希に強引に引っ張られ、共に一条戻橋へ向かうことになったのだった。

「ふーん……これが死者のよみがえる橋ねえ……」

一条戻橋に着いたとたん、真実は皮肉たっぷりにつぶやいた。それは繁華街の川にかかる、どこにでもあるような橋だった。
「これって、わりと新しい橋だよね？」

健太も、少しガッカリしたように言った。

「古い、新しいは関係ないの。橋がかかっている場所が重要なのよ！　ここは千年以上前からいろいろと不思議な現象が起きているパワースポットなの。この橋を渡って、実際に生き返った人だっているんだから！」

美希はムキになって言い返し、その橋が「戻橋」と呼ばれるようになったいわれをふたりに語り始める。

「平安時代、浄蔵という名のお坊さんがいたの。その人が山で修行をしていたとき、お父さんが危篤という知らせが届いたの

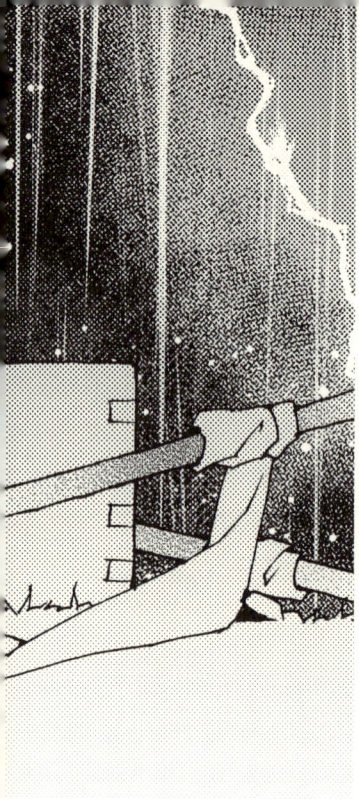

ね。ひと目、生きているお父さんに会いたい――そう思った浄蔵は、すぐに山をおりて、お父さんのいる京を目指し一目散に走った」

「……それで？　浄蔵さんは、お父さんに会えたの？」

「ようやく京都にたどり着き、この橋の上にさしかかったとき、向かいから葬儀の列がやってきたの。棺をかかえていたのは親戚の人たちで……」

「それじゃ、お父さんは……？」

「浄蔵は、間に合わなかったのね。お父さんの棺にすがりつき、さめざめと泣いた。そして、泣きながら祈ったの。『どうか父上を……父上を生き返らせてくだされーっ!!』」

話にのめりこんだ美希は、どんどん芝居がかった口調になっていく。

「そのとき、晴れ渡った空が一天にわかにかき曇り、**ピカーッ、**

ゴロゴロ、ドッシャーン！
雷鳴が轟いた。そして棺桶のふたが音を立てはじめたの。**コトンッ コトンッ、ガタガタッ、バキバキッ、ガバッー!!**」

「ひっ！」
思わず、耳をふさぐ健太。
「なんと目の前には――」
ますます調子に乗った美希は、しばらく間をおいたあと、最後のオチを言おうと身構えた。

「父親が息を吹き返したんだろ？」

そのとき、真実があっさりオチを言ってしまう。

「だって、ほら……」

真実は、目の前にある案内板を指さした。そこには、たった今、美希が語った一条戻橋のいわれが書かれている。

話の腰を折られて美希はムッとしたが、しかし、すぐに気を取り直すと、目を輝かせながら言った。

「ねえ、これって、すごい奇跡だと思わない？」

「いや、奇跡でもなんでもない。科学で説明できることさ」

真実は、事もなげに言う。

「死んだ人が生き返った話は、世界的にもよくあることなんだ。そのお坊さんの父親は、仮死状態だったんだろう。昔は医学が発達していなかったから、仮死状態の人を死んだと見間違う誤診も、かなりあったんじゃないのかな？」

「それじゃ、橋を渡ったから、死者がよみがえったわけじゃなくて……」
美希の仏頂面に気づかず、健太は真実に問い返した。
「そう、たまたまさ。この橋を渡っていたとき、仮死状態だった父親がたまたま息を吹き返した。そのウワサに尾ひれがついて、『渡ると死者が戻る橋』ってことになったんだよ」
「まったく、謎野くんときたら、なんでも科学科学って、ロマンがないんだから！」
盛り上がった気分をそがれ、美希は溜め息をついた。

ひとりの女の子が、橋のたもとにやってきたのは、そのときだった。
女の子は7歳くらいで、小さなカゴを手にしている。カゴの中には1匹のハムスターが入っていたが、あおむけになったまま、ピクリとも動かなかった。

「お願い……生き返って……」

女の子は立ち止まると、カゴの中のハムスターを見つめながら、つぶやく。
そして、カゴを手に、橋を渡ろうとしはじめた。

「ねえ、あの子……」
「え？」
「ひょっとして、あの死んだハムスターを生き返らせようとしてるんじゃない？」
美希に言われ、健太と真実は、女の子のほうを見る。
女の子は、祈るような表情でくちびるを噛みしめていた。
そのとき、同じ年ごろの男の子が数人、どやどやとやってきて、女の子を取り囲んだ。
「おまえ、アホやな」
「ホンマに、ハムスターが生き返ると思ってんのか？」
「だって、この橋は『死者が戻る橋』やって、おばあちゃんがゆうてたもん」
「そんなん、ただの迷信に決まってるやん」
「そやそや。橋を渡ったからって、死んだもんが生き返るはずないやろ？」
男の子たちはそう言って、女の子を指さし、ゲラゲラと笑いだした。
「生き返るもん！　絶対に……生き返るもん……」
女の子は必死に言い返していたが、とうとう泣きだしてしまう。
「ねえ、あの子、かわいそうじゃない？　謎野くん、お得意の科学で、なんとかしてあげてよ」
真実と健太を振り返りながら、美希は言った。
「無理だな。科学の力をもってしても、死んだ動物を生き返らせることはできない」
そっけなく答える真実に、「まったく……」と美希はくちびるをとがらせた。

「あっ！」

そのとき、健太が突然叫ぶ。

「待って。いい方法があるよ！」
健太はそう言うと、川辺のしげみの中へと走っていき、両手にひとすくいの枯れ葉を持って、戻ってきた。
「枯れ葉なんか持ってきて、どうするの？」
「いいから、ぼくにまかせて」
けげんそうな顔の美希に、健太はそう答え、枯れ葉を手にしたまま、女の子をからかっていた男の子たちのほうへと歩み寄る。
「この橋の力は本物だよ。みんな、見てて！　ぼくが今からこの橋を渡って、枯れ葉を生き返らせてみせるからね！」
健太は、男の子たちに宣言した。
「枯れ葉を生き返らせる？」
「それ、どういうことなん？」
男の子たちは、キョトンとする。
「枯れ葉が、生き物のように動きだすってことだよ」

「ええ!?」
「そんなこと、できるわけないやん」
男の子たちは、健太をバカにしきった目で見ながら、口々に言った。
健太は気にせず、ゆっくり橋を渡りはじめる。
橋の真ん中まで行くと、健太は立ち止まった。

「ヨミガエーレ！　ヨミガエーレ！」

枯れ葉に向かって呪文を唱えはじめる健太。

しばらくして、健太の手の中で、枯れ葉がガサゴソと動きはじめた。
「ウソやろ!?」
駆け寄って、健太の手元をのぞきこむ男の子たち。
次の瞬間、枯れ葉はパタパタと羽ばたいて、
男の子たちの頭上へと舞い上がった。

「うわー！」
「ひええっ！」

まるで生き物のようにパタパタと飛び回る枯れ葉に、男の子たちはパニックになり、悲鳴をあげる。

「か、枯れ葉のお化け！」
「ゾンビ枯れ葉や！」

男の子たちは先を争うようにしながら、その場から逃げ出していった。

「お兄ちゃん、すごい！」
カゴを持った女の子は、目を輝かせながら、健太に言う。
「健太くん、やるじゃない！」
美希も、健太をすっかり見直したようだった。
「いや、べつにすごくなんか……ちょっとやりすぎちゃったかな、あはは……」
そう言って、照れ笑いする健太。
「さっき飛んでいったのは、クロコノマチョウっていってね、枯れ葉そっくりに擬態をする蝶なんだ」

「……ギタイ？」

「そう、モノマネのことだよ。さっきたまたま、しげみにクロコノマチョウがいるのを見かけてね、枯れ葉のモノマネが得意な性質を利用すれば、あの子たちを驚かすことができると思ったんだ」

「……そうやったんや」

女の子のさびしげなようすに、健太はまったく気づかない。

「ぼく、自慢じゃないけど、昆虫には詳しいんだよね。理科は苦手だけど、昆虫のことなら何でも知ってるよ」

「じゃあ……ほんまに生き返ったわけやないんやね」

「……え？」

見ると、女の子は、さっきよりもしょんぼりしたようすでうつむいていた。

健太は、どう答えていいのかわからず、言葉を失う。

そのとき、それまで口元に手をあてて黙って見ていた真実が、女の子に声をかけた。

「そのハムスター、ちょっとぼくに見せてくれるかい？」

「えっ？」
真実は女の子に歩み寄ると、かがみ込んで、右手を差し出した。
女の子はためらいながらも、ハムスターをカゴから取り出すと、真実の手のひらにのせる。ハムスターは相変わらず、あおむけにひっくり返ったまま、ピクリとも動かなかったが、真実はしばらくハムスターをじっと見つめたあと、こうつぶやいた。

「ひょっとしたら、生き返るかもしれない……」

「えっ、ホンマに!?」
女の子は期待のこもった目で、真実を見る。
真実はうなずくと、ハムスターを両手で包み込むようにしながら、「はああー」と、息を吹きかけはじめた。
「謎野くん、何をするつもりなのかしら？」
「もしかして……本当に奇跡を起こそうとしているのかな？」
ぼう然としている美希と健太にかまわず、

真実は、何度も何度もハムスターに
「はあああー、はあああー」と息を吹きかけ続ける。

そのときだった。

それまでピクリとも動かなかったハムスターが、真実の手の中で、もぞもぞと動きはじめたのである。

「あれ？」

「い、今、動いたよね？」

健太と美希が顔を見合わせるなか、ハムスターはクルリと半回転すると、真実の手の中で立ち上がり、「チッ」と、ひと声鳴いた。

「生き返った！」
「奇跡だわ！」

健太と美希は、目を丸くする。
女の子も驚きの表情で、生き返ったハムスターを見つめた。
「ほら、もうだいじょうぶだよ」
真実はそう言うと、ハムスターを女の子の手のひらにのせる。
さっきまで泣き顔だった女の子は、満面の笑顔になった。
「……あったかい」
ハムスターのぬくもりを感じながら、女の子はつぶやく。その手の中で、ハムスターは小刻みに体を動かしながら、「チッ、チッ」と鳴いた。
それを見て、「……よかった」とほほえみを交わし合う健太と美希。
真実もほほえみながら、女の子に言った。

「その子は寒がりだから、暖かい場所に置いてあげるといいよ」
「うん！」
「それと、体力が回復するように、ハチミツや砂糖をお湯で溶かしたものをゆっくり飲ませてあげるといい」
「わかった！」
女の子は、うれしそうに答える。そして、ハムスターをそっとカゴに戻した。
「お兄ちゃん、お姉ちゃん、ありがとう！」
女の子は笑顔で手を振りながら、その場を離れていく。
健太、美希、真実の３人も、笑顔で手を振りながら、女の子を見送った。

「しっかし、驚いたわー。いったいどうやってハムスターを生き返らせたの？」
「もしかして……死者をよみがえらせる術を使ったとか？」
「まさか……」
サラサラの髪をかきあげながら、真実はつぶやいた。

昨夜から京都はとても寒かった。そのことが関係しているよ

解決編

かいけつへん

「……そういえば、謎野くん、言ってたわよね？　浄蔵のお父さんは亡くなったわけじゃない、仮死状態だったって」
「えっ、じゃあ、もしかして、あのハムスターも仮死状態だったってこと？」
「そのとおりさ。正確には『疑似冬眠』という冬眠に近い状態だったんだ」
真実は説明を始めた。
「昨夜、近畿地方は急激に気温が下がり、京都は最低気温が5度を下回った。ハムスターは寒さに弱い動物だからね。急激に気温が下がると、さっきみたいな状態になることがよくあるんだ。摂氏10度以下で動きが鈍くなり、5度以下になると、疑似冬眠に入るといわれている」
「じゃあ、ハムスターの体を温めるために、息を吹きかけてたの？」
「もちろん、そうさ」
「……なんだ。ぼくはてっきり、よみがえりの術かと思っちゃったよ」
真顔で言う健太に、真実は苦笑いする。
「でも、どうして寒いと、ハムスターは疑似冬眠に入るの？　そもそも、ふつうの冬眠とどう違うわけ？」

そうたずねる美希に、「いい質問だね」と言いながら真実は答える。

「冬眠は本来、厳しい自然環境を生き抜くための手段なんだ。クマやリスなどには、そのメカニズムが備わっていて、寒くて食料が不足する冬になると、体温が下がり、呼吸数や心拍数も減る。冬眠状態になることで、エネルギーの消費を節約しているんだ」

「つまり、食べなくても平気になるってことね」

「へえ、便利だなぁ。だったら、ぼくも冬眠したい！　冬はニガテだし、寒いと朝、起きられないから……」

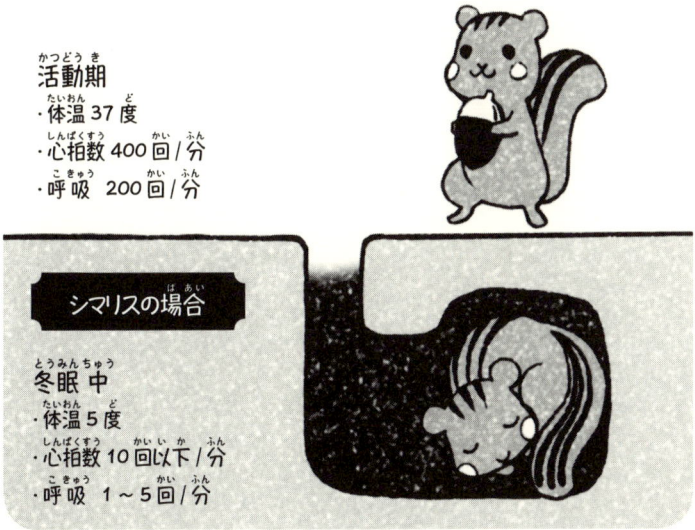

「残念ながら、人間の体は冬眠に適応するようにはできていない。ふつう、人間は体温が約30度以下まで下がると命が危ないんだ」

同じことがハムスターについてもいえると、真実は言う。

「ハムスターは本来、暖かい場所に生息する生き物で、冬眠はしない。だから、疑似冬眠とはいうものの、冬眠とは名ばかりで、ハムスターにとっては、とても危険な状態なんだ」

「見つけたら、すぐに温めて、起こしてあげなきゃいけないんだね？」

「その前に、寒くなりすぎないように注意して飼うことが大事だよ」

真実の言葉に、健太と美希は感心したように、うなずいた。

「真実くん、キミってやっぱりすごいや～！　ぼくは昆虫のことしか知らないのに、キミはなんでも知っている」

「いや、クロコノマチョウを見つけた健太くんも、なかなかのものさ。キミこそ、まるで陰陽師のようだったじゃないか」

「ホントに!?」

人間の冬眠？
スウェーデンで、雪で車に閉じ込められた男性が2か月間を水だけで過ごしていたとのニュースがあった。また日本でも、山で遭難した男性が24日後に体温が22度に下がった状態で救助されたことがある。

真実に陰陽師のようだったと言われ、健太は胸が熱くなった。
「でも、あのハムスターが疑似冬眠状態だったって、どうやって見破ったの？」
真実にたずねる美希。
「いや……疑似冬眠だったかどうかは、ぼくにも確信がなかったんだ」
「え？」
「だから、生き返ってくれたときは……心からホッとしたよ」
目を伏せながら、真実はボソリとつぶやく。
「ねえ、これってやっぱり、一条戻橋の奇跡だったんじゃない？」
美希が言うと、健太は目を輝かせた。
「そうだよ、女の子の力になりたいという真実くんのやさしい思いが天に通じたんだ！　浄蔵がお父さんをよみがえらせたときのように……」
熱く語る健太に、真実はあきれて言う。
「まったくキミたちときたら……どうしてそう、非科学的なんだろうね」
「いいじゃない？　奇跡って考えたほうが、ロマンがあるでしょ？」

「そうそう。マロンだよ、マロン！」
「ロマンでもマロンでもいいけど、自由行動って何時までだったかな？　そろそろ、戻ったほうがいいだろうね」
真実に言われ、健太と美希はハッと凍りついた。
「たいへん！　集合時間、過ぎちゃってる！」
「うわーっ！　マジメスギくんに怒られちゃうよーっ！」
夕暮れ迫る一条戻橋。
3人はあわてて駆け出していった。

SCIENCE TRICK DATA FILE

科学トリック データファイル

Q.擬態する生き物って、昆虫以外にもいるの?

モノマネでだます「擬態」

「擬態」とは、生き物が自分以外の別の物に外見を似せること。お話に出てきたクロコノマチョウ以外にも、擬態をする昆虫はたくさんいます。擬態には、自分を食べる敵に見つかりにくく、獲物に近づくときにも見つかりにくいという利点があります。

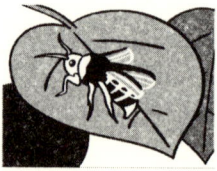

ハチに似た体のため、敵が近づかない「スカシバ」

木の葉にそっくりな「コノハムシ」

昆虫以外にも、葉っぱにそっくりな魚や、鳥のフンに似たクモなど、擬態が得意な生き物がいます。なかでも、モノマネ名人なのが、ミミックオクトパスというタコ。体の形を変えて、ウミヘビやヒラメ、イソギンチャクなど、いくつもの生き物に似せて、敵をあざむきます。

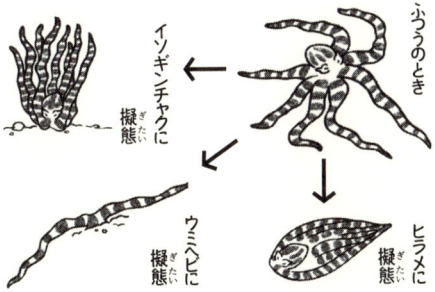

呪いの逆さ少女

呪いの修学旅行2

事件編

修学旅行1日目の夕方。

花森小学校の生徒たちは、バスにゆられて、今晩泊まる予定の旅館に向かっていた。

自由行動後の集合時間に遅れてしまった健太、真実、美希の3人は、バスに乗り込む前にハマセンにこってりと油をしぼられた。

それ以上に、時間の管理に厳しい、「マジメスギ」こと、杉田ハジメには、ここぞとばかりに説教されてしまった。

「自分さえよければいいという考えが、みんなに迷惑をかけるのです。謎野くんは、最近、宮下くんと一緒にいて、だらしなくなってきたのではないですか」

「なんでぼくと一緒にいると、だらしなくなるのさ……」

健太は小声でつぶやいた。

一方、6年1組のバスの中では、今回の修学旅行のルートが、マニアックすぎると話題になっていた。

「旅のしおり」を見ていたゆっこが、となりの座席の美希に話しかけた。

「確かに、あまり知られてない、お寺や神社も多いわよね」
「……もしかして、このルートを決めたのは、河合先生かも」
「どうしてそう思うの？」
「だって、ほらっ」
と、美希は、ななめ前の席に座る河合先生のほうへ目をやった。
河合先生は、よほど疲れたのか、ひざの上に雑誌を開いたまま、ウトウト居眠りをしている。雑誌には、ふせんがびっしりと貼られていた。
「この雑誌を見て！」
ゆっこが開いているページをのぞきこむと、そこには、「恋する京都」という大きな文字。

「今回行く場所がぜんぶのってる！」

そのどれもが、お参りすると恋が実るといわれているお寺や神社だったのだ。
「これから向かう旅館のことも書いてあるわ。自慢の天然温泉は、とても肌によくて美人の湯として有名だって。やっぱり、河合先生の趣味で決めたのね」

気配に気づいたのか、ハッと目を覚ました河合先生は、口元のよだれをレースのハンカチでふきながら、あわてて取りつくろう。

「あらっ、わたくしったら。居眠りしちゃうなんて」

「河合先生、今回のルートは、この雑誌を参考にして決めたんですか？」

美希が聞くと、河合先生は、

「こ、これは今日、たまたま持ってきただけですわ。オホホホ」

と、あわてて雑誌をしまいこんだ。

バスが目的地である旅館に到着し

た。ライトアップされた門から、石畳が建物の入り口まで延びている。着物姿の女性が迎えに出ていた。

この「美龍仙旅館」は、とても歴史がある旅館だ。木造の数寄屋造りの建物は、時代を重ねた風格がただよっている。

ハマセンや大前先生は「なんとも風情がありますね～」と大喜びだ。

「確かに、おもむきがあるね」

と、真実も珍しく感心している。

「……なんか幽霊でも出そうな雰囲気じゃない？」

健太が言うと、どこからか美希がやってきて会話に加わった。

「京都は魔の都っていうし、どうせなら、京都の幽霊に会ってみたいわね」

「ヨーロッパでは歴史があるもののほうが価値があるんだ。イギリスでは、むしろ幽霊が出るとうわさのある古い物件のほうが人気だったりするんだよ」

幽霊が出る物件

イギリスでは、「ここで殺されたメイド」「頭巾をかぶった修道士」など、どんな幽霊が出るかが広告に記されたりして、通常の物件より高値で取引されているという。

※石原孝哉著『幽霊のいる英国史』（集英社新書）から

真実は淡々と解説する。
「ぼく、不思議な話は大好きだけど、幽霊をホントに見るのは、怖いからいやだよ～」
おびえる健太におかまいなく、真実と美希はさっさと旅館の中に入っていく。
健太はあわててあとを追いかけた。

館内は、古いつくりだが落ち着いた雰囲気。中庭は日本庭園になっていて、ライトアップされ幻想的だ。
「ええと、キミと、キミは１０２号室ですね」
マジメスギが、部屋割りを決めたハマセンを差し置いて、生徒たちに次々と指示していく。

健太と真実は、８人部屋の１０３号室だった。
「きれいな和室だね。窓から竹林が見える。なかなか風情があるね」
そう言って、真実は満足そうに外の景色をながめた。
そのとき、美希が部屋にズカズカと入り込んできた。

「わぁ、いいながめね、ここの部屋！」
美希は、取材と称してほかの部屋をチェックして回っているようだ。
そして部屋を見回して、ポツリと言った。
「ん、この部屋、どよーんとした感じがしない？」
「え、どういうこと？」
美希の言葉に健太は不安になる。
美希は壁にかけられた額縁に目を留めた。祇園祭のようすが描かれた油絵だ。
美希は、おもむろに絵に近づいてじっと見た。
「なに、美希ちゃん、この絵がどうかしたの？」
「ねえ健太くん、知ってる？　ホテルや旅館の部屋で、事故や自殺で死人が出た場合、どうするのか……」
「そんなの、知るわけないよ！」
「ホテルや旅館の部屋は死人が出ても、そのあと使わないわけにはいかな

祇園祭
京都で7月に行われるお祭り。大阪の天神祭、東京の神田祭とともに、日本三大祭りのひとつとされている。

いでしょ。だから、神主さんにおはらいしてもらってから、また利用するの。で、そういういわくつきの部屋にはね……」

美希は額縁を裏返しながら言う。

「こういうところに、お札が隠されているもんなのよ」

なんとそこには、魔除けのお札が本当に貼られていた。

「え〜〜!!!」

健太は、今にも気絶しそうなほど驚いた。

「すごい!! やばい部屋だわ、やっぱりここ!」

と、うれしそうな美希。

真実は、そんなふたりを気にせずに、窓ぎわの

椅子に座ってゆったりと窓の外をながめていた。

健太はいてもたってもいられず、さっそくハマセンのところに行き、部屋割りを変えてほしいと頼んだ。

「自由行動では集合時間に遅れて、今度は部屋を変えてほしいだと？　まったく、わがままが過ぎるぞ」

「そんなこと言わないでください。ねえ先生、お願い！」

涙目でうったえる健太。

しかし、ハマセンは「笑止千万！」と言って、ふすまの戸をピシャリと閉めてしまった。

（あーあ。あの部屋に帰りたくないな）

健太が、重い気持ちをひきずりながらロビーを歩いていると、

「特ダネを手に入れたわよ！」

と、また美希につかまってしまった。

「旅館の人たちにさっそく聞き込みしたんだけどね。ここに泊まった修学旅行の男子生徒が、『逆さ少女』を見たんだって！」

「逆さ少女？」

「逆さまになって浮かぶ、着物を着た女の子の幽霊よ。この旅館は、部屋にトイレがついてないでしょ？　その生徒は、夜中にトイレに行こうとして、その逆さ少女を目撃したの。そして次の日に、事故で亡くなったんだって」

「えぇ、そんな〜〜」

絶句する健太。

「昔、ここの旅館に一人娘がいたんだけど、生まれながらに日光に当たったら死んでしまう病気だったらしいの。部屋の外に出られなかったから、ずっと友達と遊びたかったんでしょうね。逆さ少女は、その女の子が亡くなってからというもの、現れるようになったんだって。夜にその部屋の前を子どもが通りかかると、『遊ぼうよ〜』って声をかけてくるそうよ」

「そ、それってホントなの……？」

おびえる健太に、美希はたたみかける。

「その女の子の部屋っていうのが、お風呂場の近くの、今は物置になっている部屋なんだって」

健太は、背筋が凍った。

「健太くんの部屋から男子トイレに行くには、どうしても、その部屋の前を通らないといけないわね」

「もう怖くて、ぜったい夜、トイレに行けないよ」

美希は、ニヤリと笑みを浮かべ、健太の肩をポンとたたいてこう言った。

「京都の幽霊を見られるチャンスじゃないの、ワクワクするわね！」

恐怖のどん底に突き落とされた健太は、今にも倒れそうだった。

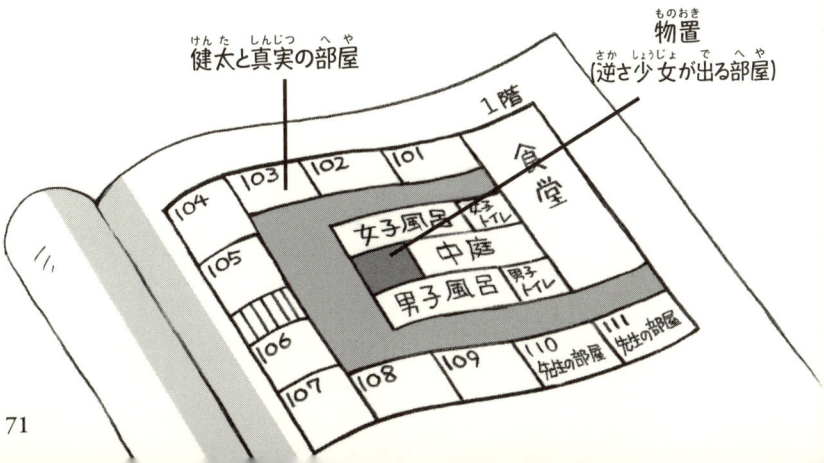

夕食の時間。
食堂で料理を待つ生徒たちの前に、湯豆腐や、京野菜の煮物、漬物などが次々と並べられていく。
厨房では料理人が、巨大な銀色のボウルでポテトサラダを混ぜている。それが、ハンバーグと一緒の皿にのせられて、運ばれてくる。
「おいしそう～」と夕食にはしゃぐ生徒たちの中で、健太だけは、今晩どうやって寝るか、悩んでいた。
（あんな話、聞くんじゃなかった）
健太がガックリとうつむくと、テーブルに置かれたスプーンに、逆さまの健太の顔が映っていた。
「あれ？」
とスプーンを手に取り、方向を変えてみる健太。
やはり、逆さまに映る。

「どうやっても逆さまだ。まさか、逆さ少女の呪い!?」

思わず大声で叫ぶ健太だったが、端の席に座っている真実が、すずしげに告げた。

「スプーンは、へこんでいるから、上下左右が逆に映るだけだよ」

「なぁんだ、そうなのか。……あはははは」

ホッとして、健太は照れ笑いをした。

ハマセンの長い話が終わって、ようやく食事が始まると、「おいしい！」と各テーブルから感嘆の声があがる。

健太も気をとりなおして、みそ汁に手をのばした――そのときだった。

みそ汁の入ったお椀が勝手に動きだし、ススーッとテーブルの上を滑ったのだ。

「え、えーっ!?」
健太は、はじかれたように立ち上がった。
ほかの生徒たちが何事かと食事の手を止めて、健太のほうを見る。
「お椀が勝手に動いた！　誰も触ってないのに！」
大騒ぎする健太の声を聞きつけ、離れた席に座っていた美希がやってくる。

「きっと逆さ少女のイタズラね」

ポツリと美希はつぶやいた。
「逆さ少女に、健太くんは目をつけられちゃったのよ。今晩、『遊ぼうよ～』って来るかもね」
「ぼ、ぼくは、女の子とお人形ごっこもできないよ。ぼくなんかと遊んだっておもしろくないし……イヤだ、そんなのイヤだよ」
健太は、あわてて好きなハンバーグをお供えのように小皿にとりわけ、泣き出しそうな顔で手を合わせる。

「これをあげるから、もう出てこないでください！」

「……騒がしいね、食事に集中できないじゃないか」

テーブルの端の席で、静かに食事をしていた真実は、健太にそう言うと、持っていた箸を箸置きに丁寧に置いた。

「だって、誰も触ってないのに、みそ汁のお椀が動いたんだよ！」

しかたなく健太のそばにやってきた真実は、健太のお椀や、テーブルをじっと見る。

テーブルは水で濡れていた。

「なるほどね。今から再現してあげるよ」

真実は、旅館の人にお願いして、熱々のみそ汁のおかわりをもらい、お椀をテーブルの濡れた部分に置いた。

すると、お椀は、スーッと、滑るように移動したのだ。

「お椀が動いた！　やっぱり、逆さ少女のしわざだよ！」

「キミは本当に非科学的だね」

真実は、みそ汁のお椀を手にする。

「このお椀の底は台のようになっているだろう？　この縁が水で濡れていて、テーブルとピタッと接した状態であることがポイントさ。お椀とテーブルの間にできた空洞の空気が、熱いみそ汁で温められて膨張する《図①》。すると、お椀が少し浮いた状態になり、ちょっとしたことで動きやすくなるのさ《図②》」

そう言うと、真実は席に戻って食事を再開した。

「な～んだ、せっかく健太くんに何か起こるのかと思ったのになぁ」

美希はガッカリして自分の席に戻った。

「真実くん、ありがとう」

健太は、自分の不安な気持ちを取り払ってくれた真実に、心から感謝した。

（真実くんって、なんだか大きな木みたいだな）

安心した健太はごはんを食べながら、頭の中で、丘の上に堂々と1本だけ生えている太くて大きな木を

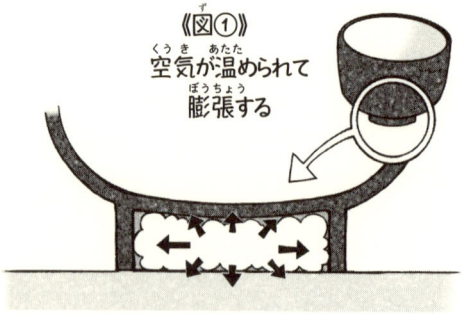

思い浮かべた。その木にしがみついていれば、どんな強風が吹いても、しのげるのだ。

夕食後の入浴の時間。

浴場には、にぎやかな生徒たちの声が響いていた。

湯気が立ち込めるなか、恥ずかしそうに、健太が浴場に入ってきた。

湯船では、ワーワーと男子たちがお湯をかけあって騒いでいる。

「こら！　風呂場で遊んだらいかん！」

見回りのハマセンが怒鳴った。

体を洗い終えて湯船につかるころ、健太はあることに気づいた。

「あれっ？　真実くんがいない」

そのとき、湯気の向こうから、真実がやってきた。真実はラッシュガードとスポーツスパッツを身につけていた。

《図②》
お椀が持ち上がって
動きやすくなる

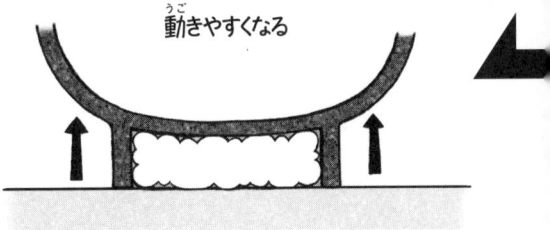

あぜんとして、見つめる健太たち。
ハマセンが驚いて叫ぶ。
「謎野、な、なんだその格好は!?」
「海外の温泉では、いつもこうです。みんなと裸のつきあいをしたい気持ちはあるのですが、公共の場で裸になることが、どうも、ぼくのポリシーと合わないので」
「……そうなのか？」
ハマセンはあっけにとられる。
「浜田先生は、まだ入られないんですか？」
と、真実が聞くと、
「あ、あぁ、先生たちは、みんなが寝

たあとに、ようやく入れる決まりなんだ」

と、ハマセンが答えた。

「だから、おまえたち、就寝時間になったら、さっさと寝るんだぞ！」

夜の９時半。就寝時間がやってきた。

ハマセンやほかの先生たちは、生徒たちがちゃんと寝ているか各部屋を見回っていく。

そのころ、健太たちの部屋の中では、枕がビュンビュン飛び交っていた。

枕投げが始まったのだ。

真実だけは、ホコリをさけてマスクをし、窓ぎわの椅子で読書していた。

「えいや！」

健太は、もう逆さ少女のことはすっかり忘れて、夢中で枕を投げていた。

海外の温泉
外国にも温泉はある。しかし日本以外では、ほとんどの国で水着を着用する。これは、海外の温泉が一般に男女混浴であることも関係している。

バフッと、飛んできた枕が健太の顔面に直撃した。
負けじと反撃する健太。しかし、健太の投げた枕は、手元がくるって真実のほうへ飛んでいく。

「危ない！　真実くん！」

その瞬間、真実が、本を読んだままの姿勢でフワリと身をひねって枕をよけた。
「え!?」
と、驚く健太。
それを見たほかのみんなも、いっせいに真実をねらいはじめる！
「謎野くんに集中攻撃だ！」
しかし、真実は本に目を落としたまま、まるでボクサーのように上半身を動かして、飛んでくる枕すべてを次々によけてしまうのだった。
そのとき、バッとふすまが開いた。
「こら〜〜、おまえたち何やってんだ〜！　早く寝ろ〜〜!!」

ハマセンの怒鳴り声に、生徒たちは、あわてて布団にもぐりこんだ。

夜がふけて――。

静かな室内に、窓から月明かりが幻想的に差し込んでいる。

カチッカチッと時計の音が、やたらと大きく聞こえる。

（みんな寝ちゃった……もう12時になっちゃう）

みんなが寝息を立てるなか、布団の中の健太だけが目がさえたまま、時計の音を聞いていた。

（全然眠れない……このまま朝になったらどうしよう）

健太は、あわてて布団を頭までかぶる。

（オシッコしたくなってきちゃった……。でもトイレに行くには、逆さ少女が出る部屋の前を通らなきゃいけないんだ）

健太は、一緒に行ってもらおうと、となりの布団で眠る真実を見る。

しかし真実は、アイマスク、耳栓、ナイトキャップという安眠グッズフ

ナイトキャップ
寝るときにかぶる帽子。髪に寝ぐせがつかないようにするためのもの。

ル装備で眠っていて、ちょっとやそっとでは起きそうもない。

結局、健太はガマンできずに、ひとりで廊下の奥にある男子トイレに向かった。

暗く、ガランとした廊下。ひんやりとした薄気味悪い空気が立ち込める。

（あそこが、美希ちゃんが言ってた、逆さ少女が出るという物置部屋だ）

緊張しながら、部屋にできるだけ近寄らないように廊下の端を歩く健太。

（だいじょうぶ。あんなの美希ちゃんのつくり話だ）

おそるおそる歩いていた健太は、ビクリと

立ち止まる。
物置部屋のふすまが半分開いていたのだ。
健太は、歩きながらチラッと部屋の中に目を向ける。
部屋は、うっすらと明かりがついていて、掃除機や、段ボール箱の山などが見えた。
（なんだ、ただの物置じゃないか。さっきのみそ汁だって幽霊のしわざじゃなかった。すべてのナゾは科学で解明できるんだ！）
と心の中で真実の口調を真似てみた健太は、珍しく勇気が湧いてきて、中をのぞいた。
（ちゃんと見ないで、怖がっているからダメなんだ）
部屋の中には、使われていない机や、厨房のキッチン用品などが雑然と詰め込まれていた。
１歩足を踏み入れて、部屋の中を見回す健太。
「ほうら、何もないじゃないか」
その瞬間、健太はギクリと凍りつく。
部屋の奥からギロリと何かに見られているように感じたのだ。

「……」

健太は、雑然と積まれた段ボール箱の山の向こうに、ゆっくりと目を向ける。

そこには、天井から逆さまにぶら下がる着物姿の女がいた。

女は、長い黒髪のあいだから恐ろしい形相でこちらをにらんでいる。

「アァー！　ハァフン」

驚きすぎて声にならぬ声しか出せず、健太はその場で腰を抜かした。

逆さまの女は、黒い髪のあいだから、ギロリと目をのぞかせて、なおもこちらをにらむ。

（ごめんなさい！　ごめんなさい！）

健太は、目をつぶったまま、なぜか何度も謝りながら、はいつくばるように、その部屋を出た。

健太は、自分の部屋へところがるように戻り、寝ている真実の布団を必死でゆすった。
「起きてよ、ねぇ真実くんっ」
穏やかな寝息をたてて眠っていた真実だが、「んん？」とアイマスクを外して、チラリと時計を見た。
「……まだ朝ではないね」
「助けて！　逆さ少女にぼく、呪い殺されちゃう！　逆さになって宙に浮かんでたんだよ！」
「本当にキミは、一日中騒がしい人だなあ」

シーンとして、誰も歩いていない廊下。
うるさい健太に根負けした真実が、一緒に物置部屋に向かっている。
「あ、あの部屋だよ！」
物置部屋は、健太があわてて出ていったときのまま、ふすまが少し開いていた。
真実は、怖がるようすもなく、薄暗い部屋の中へと入っていく。

「ちょっと、真実くん、待って」
健太は、こわごわと、あとに続く。
「キミが逆さまの女性を見たのは、どのあたりなんだい？」
真実に問われた健太は、震える手で部屋の奥を指さした。
「あそこに、逆さ少女がぶらさがっていたんだ」
そこには、調理用の銀色の大きなボウルが立てかけてあるだけだ。
真実は、近づいて、そのボウルにじっと見入った。

物置部屋を出て真実が向かった先は、先生たちの部屋だった。
「どうした謎野と宮下、まだ寝てなかったのか？」
部屋にはハマセンや河合先生など、数人の先生たちが打ち合わせをしていた。
「夜分遅くに失礼いたします」
真実はあいさつして、部屋の中をザッと見回した。
目に留まったのは、ゆかた姿で濡れ髪の河合先生だった。
「河合先生、さっきお風呂に入られませんでしたか？」
「ええ。今あがってきたところですのよ」
真実は人差し指で眼鏡をクイッとあげ、健太のほうを見た。
「ナゾは解けた。わかったよ、キミが見たという
逆さ少女の正体がね」

解決編
かいけつへん

真実は、河合先生にお願いして、一緒に物置部屋まで来てもらった。
健太が見たという逆さ少女を再現してみせるというのだ。
部屋の奥にあった調理用の銀色の大きなボウルの前に立つ真実。
「健太くん、夕食のときのスプーンの話を覚えているかい？」
「うん、ぼくの顔が逆さまに映って……」
「そう。このボウルが、スプーンと同じ役目をしたんだよ」
健太がボウルをのぞきこむと、ふつうに自分の顔が映った。
「このボウルは真ん中がへこんでいて、凹面鏡と同じ役目を果たす」
「凹面鏡？」
「日ごろ、ぼくたちがよく使っているふつうの鏡のほかに、中心部分がへこんだ凹面鏡や、それとは逆に中心部分が盛り上がった凸面鏡があるのさ。健太くん、ボウルを見ながら徐々に入り口のほうにあとずさりしてみて」
健太は徐々に下がった――すると、ある地点で健太の姿が逆に映った。
「逆さまになった！」

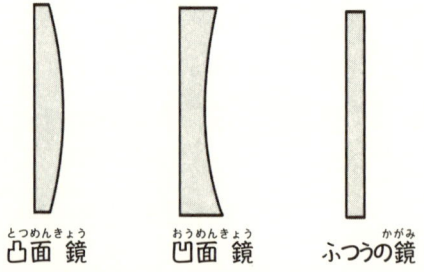

と驚く健太。

「凹面鏡に物体を映すと、近くにあるものはふつうに見えるけど、遠くに離れると逆さに映るんだ。スプーンに映った顔が、上下逆さまになるのと同じだよ。そして健太くん、キミが見た逆さ少女はどんな姿だったんだい？」

「そ、それは、黒く長い髪で、着物姿の……」

真実は、河合先生にお願いをした。

「先生のきれいな黒髪を前に下ろしてもらえますか？」

「ええ、いいですわよ」

河合先生は、おじぎをして、髪の毛を前に垂らす。そのままの顔をあげると、まるで女の幽霊のような姿になった。

ギョッとする健太。

河合先生は、垂れた前髪のすきまから、ギロリと目だけを出した。

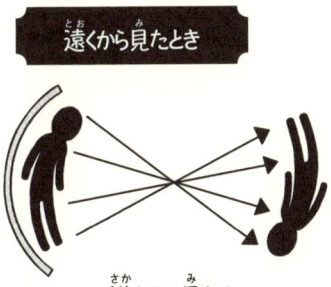

「こ、これだ！」

と、健太は驚いて叫んだ。

視力の悪い河合先生は、風呂のときはコンタクトレンズを外していて、入浴後、濡れた髪もそのままで風呂場を出たという。

「そのとき、間違って物置みたいな部屋に入ってしまいましたの」

「健太くん、キミが見た幽霊は、お風呂上がりの河合先生だったのさ。コンタクトを外していた先生は、ボヤけた視界の中、物置部屋にうっかり入り込んでしまった。そのときキミは、入り口のあたりからボウルを見ていた。ボウルはちょうどふたりの中間地点にあって、河合先生が逆さまに映って見えたんだよ」

「そうか……。逆さ少女じゃなかったのか……」
ホッとする健太。
「先生を少女と間違うなんて……。ここの美人の湯のおかげかしら、オホホホ」
河合先生はまんざらでもなさそうにほほえんだ。

部屋に戻ると、健太は安心して大いびきをかいて眠りはじめた。
夢の中で、健太は強風が吹くなか、大きな1本の木にしがみついていた。
「やっぱり真実くんは、頼りになるなぁ……」
健太は、寝言を言いながら布団を抱きしめる。
真実は、耳栓をしても聞こえてくる健太のいびきで眠れずにいた。
「こんなにうるさいなら、解決しなかったほうが、よかったかもしれないな……」

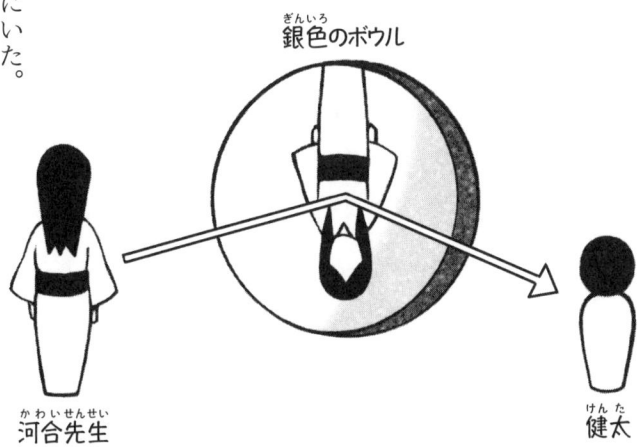

2

SCIENCE TRICK DATA FILE

科学トリック データファイル

Q.凹面鏡や凸面鏡はどんなときに使うの?

鏡のいろいろ

わたしたちがふだん、自分の姿を映して見るのは、表面が平らな平面鏡です。しかし、中央がへこんでいる凹面鏡や、中央がふくらんでいる凸面鏡も、意外に身近で使われています。

【凹面鏡】
凹面鏡に入ってきた光は、ある点で集まります。そのため、光を集める用途によく使われます。

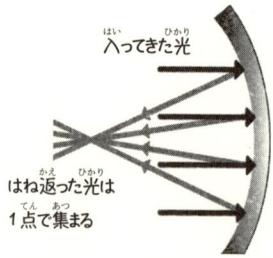

【使用例】

オリンピックの聖火は、凹面鏡で太陽の光を集めて点火される

道の先の見えない部分を見るためのカーブミラーには、凸面鏡が使われている

【凸面鏡】

凸面鏡は、通常の平面鏡より広い範囲から光が入ってきます。そのため、広い範囲を見る用途によく使われます。

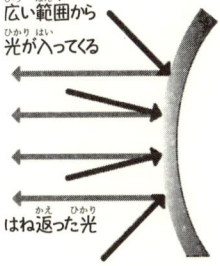

A.それぞれの特徴に合わせて使われているよ。

鬼(おに)がささやく寺(てら)

呪いの修学旅行3

事件編

修学旅行2日目。

その日の午前中、花森小学校の生徒たちは、秋の特別拝観中の「相国寺」を見学していた。

お堂の天井いっぱいに描かれた、巨大な龍の天井画で有名なお寺である。

しかもこの龍の絵、ただの絵ではない。

「それじゃあいくよ！」

そう言うと、健太は龍の天井画の下に立ち、両方の手のひらを

パーーーン！

と、思い切り打ち鳴らした。すると……。

ビョビョオオオオオオオオオン！

あたりの空気を震わすような重低音がお堂の中にこだました。

「うわ～！」「きゃ～！」と、不気味な音に度肝を抜かれる生徒たち。

「うわ～！　ホントに龍が鳴いた！」

健太は目を丸くして天井を見上げた。

実は、この龍は「鳴き龍」と呼ばれ、絵の下で手をたたくと、龍が鳴いているかのような、迫力たっぷりの音がお堂に響きわたるのである。

「ぼくもぼくも！」「次は、わたし！」

パーーーン！
ビョビョオオオオオオオオオン……

みんなが手をたたくたびに、お堂いっぱいに「鳴き龍」の音がこだました。

「不思議だな〜。ねえ真実くん、どうしてこんな音が聞こえるの？」

健太は、じっと天井を見つめている真実に聞いた。

「龍が鳴く秘密は『天井』にあるんだ」

「天井？」

「龍が描かれた天井は、平らじゃなくて、お椀のように真ん中がへこんでいるんだよ」

《図①》

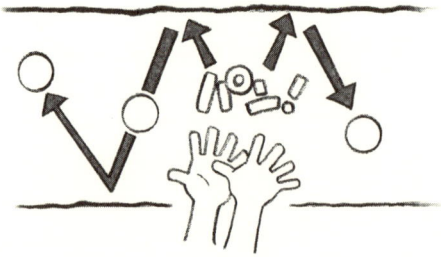

「へ～。でも、どうして天井がお椀形だと龍が鳴くの？」
健太の質問に、真実は両手で丸い輪をつくって見せた。
「音はね、ボールのように、壁に当たると跳ね返るんだ」
「ボールのように跳ね返る？」
「そう。たとえば天井が平らだと、天井に当たった音のボールは四方八方に散らばって跳ね返る《図①》。これがお椀形だと、天井に当たった音のボールはもとの場所に戻ってくるのさ。そして、同じコースを何度も行ったり来たりするんだ《図②》」
「そうか！　音のボールが散らばらずに同じコースで跳ね返り続ける……だから龍の鳴き声みたいに、音が響いて聞こえるんだね」
「そう。音の反射が生み出すマジックさ」
真実の言葉にうなずいた健太は、ふと、お堂のすみに目を向けた。
見ると、華やかな着物を着たふたりの舞妓さんが話し込んでいる。

《図②》

「もしかしてあれって、舞妓さん!?」
ふたりとも悲しげな顔で、ガックリと肩を落としているようだ。
「どうしたんだろう？　行ってみようよ、真実くん」
真実の手を引っ張り、舞妓さんたちに近づくと、ふたりの話し声が聞こえた。
「は～、相談したいことがあったのに……八雲さん、いてはらへんかったどすなあ」
「鬼に食われた、いううわさはホンマどしたんやなあ」
（鬼!?　いったい何の話？）
不思議な話を耳にして、黙っていられる健太ではない。
「あの～、今、鬼って言いましたよね？　それって、どんな話なんですか？」
ふたりの舞妓さんは驚いて顔を見合わせたが、すぐに笑顔になった。

舞妓
舞妓は、舞を舞って、宴を華やかにする少女のこと。通常、中学卒業後に修業を始め、1年ほどの修業ののちデビュー。20歳くらいになると舞妓を卒業するため、舞妓でいるのは、ほんの数年だ。

「最近、この近くのお寺さんに鬼が出るようになったんどす」
「鬼いうても、ホンマの鬼やのうて、お寺さんの壁に、鬼そっくりの染みが浮き出てきたんどす」
「鬼そっくりの染み？」
健太は真実と顔を見合わせた。
壁に浮き出たその鬼は、人の言葉を話し、さまざまなお告げをするという。
「そのお告げが、よう当たるって評判どすねん」
「少し前まで、この相国寺の前に『大泉八雲』っていうイケメン占師がいてはったんやけど、鬼のお告げに人気をとられて、店じまいしてしもうたようなんどす」
「みな言うてはります。八雲さんは鬼の人気に食われたって」
話を聞いた健太は、キラキラと目を輝かせて真実を見つめた。
「このあとは自由時間だよね？　どうする、真実くん？」
「まずは現場を自分の目で確かめること。それが探偵の基本さ」

うっそうとした竹林を抜けると、うわさのお寺が見えてきた。
小さな門に掲げられた板に「鬼心寺」と書かれている。
その門をくぐると、タマゴのようなドーム形の建物の上に瓦屋根をのせた、不思議な形の本堂が現れた。
「なんだか、珍しい形のお寺だね」
本堂の入り口の扉は金属製で、タマゴ形の建物にぴったりはまるように、なめらかな曲線を描いていた。
扉には、「必ずお閉めください」と貼り紙がされている。
健太と真実が本堂の中に入ると、すでにたくさんの人が並んでいた。
どうやら、みんな鬼のお告げが目当てのようだ。

列の先頭を見ると、順番が来た人は壁に向かって小声でささやくと、今度は壁に耳をかたむけ、熱心に聞き入っている。

「へえ、ああやって壁の鬼に相談して、お告げを聞くんだね。……ん？」

健太がふいに目を細めた。

「あれって、河合先生!?」

よく見ると、列の先頭で壁に耳をかたむけているのは河合先生だ。

その顔は、いつになく真剣だった。

「いったい何を相談しているのかな？」

健太がようすを見ていると、河合先生の顔が満面の笑みに変わった。

そのままスキップするように、健太たちのいる出入り口へと向かってくる。

「河合先生！」

健太が声をかけると、河合先生はギョッとして立ち止まった。

「宮下くんに謎野くん。どうしてここに!?」
「鬼のお告げを聞きたくて。先生はお告げを聞いたんですか？」
「ええ聞きましたわよ。『信ずれば、想いはかなう』ですって」
「やっぱりうわさは本当だったんだ！　それで、先生は何を相談したんですか？」
健太の質問に、河合先生はポッと頬を赤くした。
「何って、ウフフ……それはもちろん、おおま……」
「おおま……？」
ハッと我に返ると、河合先生はブンブンと激しく手を振った。
「い、いえ、おおま……おおまじめに相談したんですのよ。オホホホ」
そう言うと、逃げるように本堂から出ていってしまった。
「なんだかよくわからないけど、鬼のお告げは本当に聞こえるんだね！」
「どうかな。本物かどうかは、聞いてみるまでわからないよ」

やがて健太と真実の番が回ってきた。

近くで見ると、壁に浮き出た「染み」は、確かに巨大な鬼の顔のように見えた。眉間に深いしわを寄せ、前に立つふたりをにらみつけている。

「うわ～、なんだか怖いよ、ぼく……」

情けない声を出す健太の耳元で真実がささやいた。

「健太くん。ぼくは何が起きるか見ていたい。ぼくのことは気にせず、鬼に悩みを相談してくれないか」

「えっ!?　そ、そんな」

健太が振り向くと、真実はすでにするどい視線を壁の鬼に向けていた。

（まったく、いつもぼくを実験台にするんだから）

のどまで出かかった言葉をこらえ、健太はおそるおそる鬼の前に置かれたパイプ椅子に座る。

鬼の巨大な瞳が目の前に迫る。

健太は、覚悟を決めてゴクリとつばをのみこんだ。

「あの、教えてください！『おばけ』ってホントにいるんですか？『宇宙人』は？『口裂け女』は？　『ネッシー』は？　それから『ツチノコ』は？　教えてください！」

健太は、壁に向かって深々と頭を下げた。

その瞬間――。

「オオオオオオ……」

鬼の口から、地獄の底から響くような低いささやき声が聞こえた。

「オオオオ……己を信じよ……」

「お、鬼がしゃべった!?」

健太はさらに壁へと耳を近づけた。真実も壁に近づき耳をすませた。

「オオオオ……目に見えるものだけがすべてではない……己を信じよ」

口裂け女
都市伝説のひとつで口が耳まで裂けた女の妖怪。べっこうあめが好物でポマードが苦手。

ネッシー
イギリスのネス湖にすむといわれる怪獣。

ツチノコ
幻の生き物。胴の太い短めのヘビのような姿で、すごいジャンプ力があるという。

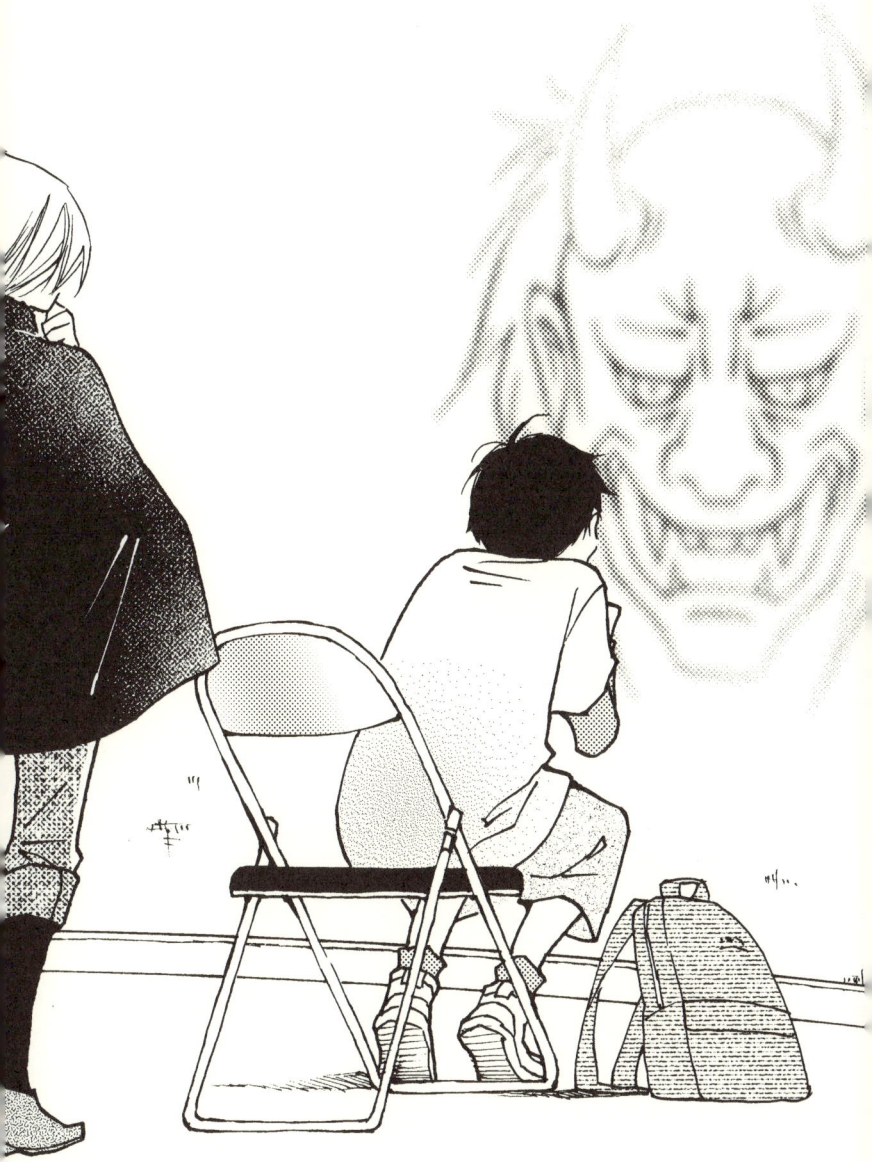

「聞こえた！　本当に鬼のお告げが聞こえた！」
健太が横を見ると、真実は壁の表面を手のひらで触っていた。
「何してるの？　真実くん」
「壁にスピーカーやしかけはない……だとしたら、今の声はどこから？」
「なに言ってるの。この壁の鬼がしゃべったに決まってるじゃない」
「あいにくぼくは、キミほど非科学的じゃなくてね」
そう言うと真実は壁から離れ、本堂の中を注意深く見渡した。
まるで大きなタマゴの中にいるように、まわりは丸く壁に囲まれている。
しかし、あやしい装置やしかけは見当たらない。
健太が満足げに壁から離れたそのとき、本堂に大きな声が響いた。

「何がお告げや！　どうせインチキやろ！」

見ると、サングラスに派手なアロハシャツを着たガラの悪い男が、壁の鬼に向かって大声で怒鳴っていた。

「どっかにスピーカーでもあるんやろ？なんとか言うてみい！」

言うなり、男は乱暴に壁を蹴りはじめた。

人々が驚いて見つめるなか、若い僧侶が駆け込んで男の腕をつかんだ。

「おやめください、黒田さん」

「離せや、じゃまや！」

黒田と呼ばれた男が乱暴に手を払うと、僧侶は床に倒れた。

「だいたいな、この場所にはマンションを建てるって決まったんや。こんなうさんくさい寺、とっととたたんで早う出ていかんかい！」

僧侶は身を起こすと、黒田をキッとにらんだ。

キリリとした顔立ちの、20代くらいの若者である。

「ここは先祖代々受け継いできた大切な土地です。あなたたちが嫌がらせに来るようになって、父は心労がたたって入院してしまった……。けれど、鬼神様がお姿を現し、わたしたちに力を貸してくださっている。この土地はあなたたちには絶対に渡しません」

「フン！　なにが鬼神様や。そんなもん、オレは信じへんで」

そのとき、再び低いささやき声が室内に響いた。

「オオオオオオ……」

ビクリとして黒田が振り向くと、すぐうしろに、鬼のするどいまなざしがあった。

アロハシャツ
ハワイで生まれた、カラフルな柄のシャツ。ハワイの男性の日常着だが、正装でもある。日本からの移民が着物を仕立て直してつくったものがルーツだという。

「オオオオオ……この土地は鬼神が見守りし土地……汝らに渡しはしない」

そのかすかな声は、鬼の近くに立つ真実と健太にも聞こえた。

「こ、こんなもんに誰がビビるかい！　どうせ何かしかけがあるんやろ！」

強がってわめく黒田に、僧侶が言った。

「気のすむまでお調べになればいい。鬼神様のお告げにはタネもしかけもありません」

黒田の顔がゆがむ。すると、再び声がした。

「オオオオ……この場から立ち去れ。

さもなくば大いなる不幸が降りかかるだろう……」

「ふ、ふ、不幸やと!?　そんなんデタラメや！」

そう叫ぶと、黒田はよろめき、ころがるように入り口から逃げ出していった。

健太は「ほ～～っ」と安堵の吐息をついた。

（やっぱり鬼のお告げは本物なんだ！）

だが、真実はけわしい顔のまま壁の鬼を見つめていた。

「わからない……いったいどこから声が聞こえるんだ？」

そのとき――。
コロコロコロ……壁をつたって、真実の足元にボールが転がってきた。
「ボール？」
手に取ってまわりを見ると、少し離れた場所で、お母さんに抱っこされた小さな子どもが泣いている。その子が落としたボールが、壁沿いに転がってきたようだった。
「壁をつたってきた……。そうか、もしかして！」

ふたたび室内を見渡した真実は、「あるもの」に目を留めた。

「やっぱりね……。鬼のお告げのナゾが解けたよ」

「えっ、本当なの!?」

そのとき、大きな笑い声が本堂に響きわたった。

「ハーッハッハッハー！」

声がしたほうを振り向くと、本堂の入り口で黒田がニヤニヤと一同を見渡していた。

「どうしてまたあの人が!?」
健太の顔が曇った。
「クックック……ビビって逃げ出したと思うたやろ？　あれは、ほんのお遊びや。残念やけど、こう見えても科学にはちいっとばかり詳しくてなあ。インチキお告げのナゾは、とうに見抜いとるわ」
健太は驚き、真実にささやいた。
「あの人もナゾを解いたって!?　ねぇ、お告げはホントにインチキなの？」
「……」
真実は、黙ったまま黒田を見つめている。
黒田は人々を見渡すと、ゆっくりと壁に沿って歩きはじめた。
「ナゾを解くヒントを教えてやるわ。ひとつは部屋をグルリと囲んだこの『壁』や」
そう言いながら、黒田は壁をピタピタとたたいた。
「もうひとつは『音』や。音ってのは、おもろいもんでな。壁に当たると、ボールみたいに跳ね返るんや」

「音がボールみたいに？　あれ？　同じ言葉をどこかで聞いた気が……」
健太は、目をパチクリさせて真実を見た。
「鳴き龍だよ。鬼のお告げは鳴き龍と同じ、音の反射のマジックだったのさ」
「音の反射のマジック？」
「あとはこの部屋をよく見ればわかるはずだよ。何のしかけもない壁の鬼から、どうしてお告げの声が聞こえるのか――そのナゾがね」
健太は本堂の中を見てみた。しかし、ナゾは解けない。
「まずは、彼の推理を聞いてみよう」
そう言うと真実は人差し指で眼鏡をクイッとあげた。

解決編

かいけつへん

「フフ……壁に向かって相談ごとをささやけとは、うまいこと考えたもんや」
黒田は、ゆっくりと壁沿いを歩きながら話を続けている。
「ささやき声は小さいもんや。少し離れただけでも、もう聞こえへん。それは、小さな『音のボール』が、あっちこっちに飛び散ってしまうからや」
そこまで言うと、黒田はピタリと足を止め、ニヤリと笑った。
「けどな、こうすれば違う」
黒田は、グイッと顔を壁に近づけてみせた。
「この本堂の壁はグルリと丸い……そこがミソや。壁に向かってささやくと、『音のボール』は、あっちこっちに散らばらずに、丸い壁にぶつかりながら、壁に沿って進んでいくんや。そうやってどんどん進んで、たとえ小さなささやき声でも何十メートル先までも届くんや」
黒田はどうだと言わんばかりのドヤ顔で一同を見渡した。
「そんな場所を『ささやきの回廊』いうてな、世界でも珍しいんやが、間違いない、この本堂はそのひとつや」

「ささやきの回廊!?」

健太は思わず息をのんだ。

すると、それまで黙って話を聞いていた僧侶が、黒田の前に歩み出た。
「つまりあなたは、鬼神様のお告げは、誰かがどこかでささやいた声が、丸い壁をつたって聞こえているのだと？」
「そのとおりや」
自信満々にうなずく黒田に、僧侶は大きく首を振った。
「バカバカしい。さっきあなたもご覧になったはずだ。壁には何のしかけもない。いったい誰が、どこで、ささやき声など発しているというんです？」
健太は本堂を見渡した。
壁の近くに立って何かをささやいているような、あやしい人影はない。
だが、黒田は不気味な笑いを浮かべた。
「言うたやろ。この丸い壁にささやけば、何十メートル先までも小さな声を伝えられるんや。そう……鬼の絵からいちばん離れた場所からでもな」
そう言うと、壁の1点を指さした。
「鬼からいちばん遠い壁は、反対側のあそこや。ありゃ何や？　おもろいもん

ささやきの回廊
ロンドン（イギリス）のセントポール寺院や、北京（中国）の天壇公園にある回音壁などが、「ささやきの回廊」といわれている。訪れることがあったら、ぜひ試してみよう。

があるな」

そこには木製のロッカーが置かれていた。

「ほ〜、ロッカーか。しかもちょうど、人がひとり入れるくらいの大きさや。あの中には、何が入ってるんや？」

黒田は僧侶に問いかけた。僧侶の顔に、焦りの色が浮かんでいた。

「さ、さあ、何だったか……」

黒田は、ゆっくりとロッカーに向かって歩きだした。

「ふふ……もしも、あのロッカーの中に人が入ってたら？　ロッカーの内側に穴があいてて、そこから誰かが鬼のフリをして、壁に向かってささやいてたら？」

しだいにロッカーへと近づく黒田。

健太は、すがるように真実を見つめて言った。

「ねえ、あの人の言ってることはホントなの？　鬼のお告げはホントにインチキなの!?」

真実は表情を変えずに答えた。

「心配ないよ」

そう言ったかと思うと、真実はすばやく、壁の鬼の近くに駆け寄った。
そして、置かれていたパイプ椅子を、勢いよく床に倒した。

ガタ――ン！

大きな音が本堂に響いた。人々は驚いて真実のほうを振り向いた。

「なんや！　うるさいぞ！」

降り向いた黒田が真実を怒鳴りつけた。だが、真実はすずしげな顔をしている。
「失礼。ちょっと手が滑ってしまって……」
「ふん。気をつけろや」
そう言うと、黒田は気をとりなおし、ロッカーに向き直った。
「さ～て、インチキ鬼を退治する瞬間や！」

黒田はロッカーの扉に手をかけると、力を込めて、バン！と開いた。

「ああっ！」

中を見て、健太は思わず声をあげた。

ロッカーの中は空っぽだったのだ。

黒田は息をのんだ。

「誰もいない!? そ、そんなバカな……」

人々がザワザワとざわめきだすなか、真実は黒田に歩み寄って声をかけた。

「黒田さん。あなたは、鬼のお

告げはインチキで、ロッカーの中から、誰かがささやいているはずだと言った。だけど、ロッカーの中には誰もいない。これはいったい、どういうことです？」

「そ、それは……」

黒田の額に冷や汗が浮かびはじめていた。

真実はサラリと髪をかきあげ、言葉を続けた。

「だとすれば答えはひとつです。鬼のお告げはインチキなんかじゃない。本物だ」

「そんなハズはない！　そんなハズは……」

「試してみますか？」

真実はクルリと振り返ると、壁の鬼のほうへ行き、語りかけた。

「教えてください。さっきのお告げの、黒田さんに降りかかる『大いなる不幸』……。それはどんなものですか？」

そう言うと真実は、鬼の口元にピッタリと耳を寄せた。

そして――。

「……ええ。はい……そうですか」

なんと、鬼に向かってあいづちを打ちはじめたのである。
黒田は驚いて叫んだ。
「どういうことや!? 下手な芝居はやめろっ！」
「……ええ。なるほど。わかりました」
壁の鬼に向かってそう答えると、真実は黒田のほうに向き直った。

「鬼のお告げがありましたよ」

「ウソや！ そんなもんあるワケない！」
「お告げはこうです。あなたは、会社のお金に手をつけているそうですね。もしもそのことが仲間にばれたら、タダではすまないはずだと」
黒田の顔色が変わった。
「ど、どうしてそれを!?」
「言ったでしょう？ 鬼のお告げです。お告げが本当なら、こんなことをしている場合ではないのでは？」

「く……チクショウ!!」
黒田は額の汗をぬぐうと、はじかれたように本堂を飛び出していった。
バタンと扉が閉まると、健太は真実に駆け寄った。
「やったね真実くん！　鬼のお告げはやっぱり本当だったんだね！」
「いや。残念だけどそうじゃない。あとで説明するよ」
そのとき、本堂に声が響いた。
「その話、わたしからお伝えしましょう」
健太が振り向くと、そこには、スーツ姿のさわやかな青年が立っていた。

「わたしは、占師の、大泉八雲といいます」
「大泉八雲って……たしか相国寺あたりで人気のイケメン占師だよね!? いったい、どういうこと?」
と、とまどう健太。
八雲は、僧侶の顔を見つめて言った。
「話してもいいかい? すべての秘密を」
その言葉に、僧侶は静かにうなずいた。
「ああ。いつかは打ち明けなきゃいけないことだ」
八雲は人々のほうを向くと、静かに話しはじめた。
「あの男、黒田の推理は当たっていました。『鬼のお告げ』は本物じゃない。この本堂の壁を利用し、わたしがこのロッカーの中から『お告げ』をささやいていたんです。ほら、こんなふうに……」
そう言いながら八雲はロッカーにかけられた鏡を取り外した。
ロッカーに大きな穴が開き、その向こうに本堂の壁が見えた。

「でも、さっきあの人がロッカーを開けたときは、誰もいなかったけど？」
健太の疑問に八雲はうなずき、真実を指さした。
「彼が救ってくれたんです」
「真実くんが？」
「はい。あの男がロッカーに近づいてきたとき、わたしはこの中にいた。鬼のお告げのトリックがばれてしまう……すべて終わったと思いました。そのときです」
「ぼくが、みんなの注意をそらしたんだ。これでね」
真実の手には、パイプ椅子が握られていた。
「ああっ、それって」
健太は思わず、ポン！と手を打った。
あのとき、真実は椅子を倒し、みんなの視線を

ロッカーからそらしたのだ。

八雲が説明を続けた。

「椅子を倒す前に、真実くんは壁の鬼に向かってささやいてくれたんです。『今からそこを出てください』って。その声は壁を伝わり、ロッカーの中でもはっきりと聞こえました。そしてわたしは、椅子の倒れる音に黒田が気を取られたすきに、ロッカーから出たんです」

「だから、ロッカーは空っぽだったんだね。あれっ？　でも、最後のお告げは？　あのとき、真実くんには誰の声が聞こえていたの？」

「誰の声も聞こえていないよ。聞こえるフリをしてただけさ」

「聞こえるフリ？」

首をかしげる健太に、再び八雲が説明を加えた。

「みんなが空っぽのロッカーに目を奪われていたとき、真実くんがロッカーから出たわたし

に近づいて、言ったんです。『黒田の弱みを教えてください』って。だからわたしは、最近耳にした黒田の悪いうわさを真実くんに伝えたんです。でも……どうしてわたしが黒田の弱みを知ってるってわかったんだい？」

八雲がたずねると、真実は答えた。

「簡単な推理です。よく当たると評判の鬼のお告げ……そんなことができるのは、人気占師の八雲さんに違いないって。そして、占師なら、きっといろんな人からいろんなうわさを耳にしているはずだと思ったんです」

「なるほど。すべてお見通しだったというわけですね」

八雲は、感心したように目を細めた。

「あとは八雲さんに聞いた話を、お告げのフリをしてあの男に伝えたんだ」

「なるほど～！　すごい、すごいよ真実くん！」

感激する健太のそばに僧侶が進み出て、その場にいる人たちに向かって深々と頭を下げた。

「鬼のお告げだなんて、みなさんにウソをついてしまい、申しわけありませんでした。すべては、あの男たちから、この寺を守るためだったんです」

「いや、幼なじみの彼に、鬼のお告げを提案したのはわたしです」

続いて八雲も深々と頭を下げた。

「この本堂の壁が『ささやきの回廊』だということは小さいころから知っていました。それを使って鬼のお告げを始めれば、世間の注目を集め、あの男たちもこの寺に手を出しづらくなる――そう考えて壁に鬼のように見える染みを描いたんです。大切なこの寺を失いたくなかったから……」

いつしか、僧侶と八雲のふたりを取り囲んだ人々から拍手が起こっていた。

いつまでも鳴り止まない拍手のなか、健太はにっこり笑って真実を見た。

このあと、集合時間に遅れたふたりが、マジメスギに鬼のように怒られたことは言うまでもない。

音の不思議

太鼓をたたいたとき、太鼓の表面がブルブルと震えているのを見たことがあるでしょう。このような「ものの震え」が、音の正体です。太鼓の表面が震えると、太鼓に接している空気が震えるので、音がどんどん空気中を伝わっていきます。水中では、水が震えることで音が伝わっていきます。つまり、震えるものがないと、音

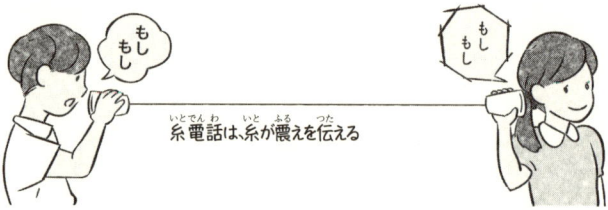

糸電話は、糸が震えを伝える

は伝わらないのです。そのため、空気のない場所、たとえば宇宙空間では、音はまったく聞こえません。

また、音の伝わる速さは、震えるもの（音を伝えるもの）やその温度によって変わります。たとえば、空気中では、1秒間に約340メートル。これは、ジェット機よりも速い速度です。水中では空気中よりずっと速く、1秒間に約1500メートルも進みます。

A. 空気中より水中のほうが、音はずっと速く伝わるよ。

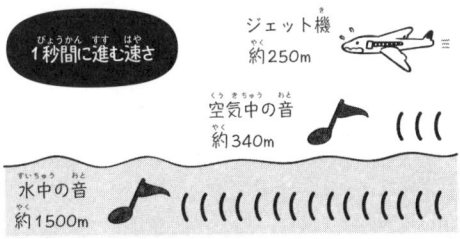

闇に光る目

呪いの修学旅行4

事件編

「だから、見えなかったと言ってるでしょう！」
「そんなことないよ。ちゃんと見えたってば～！」
「マジメスギ」こと杉田ハジメに、健太が珍しく反論していた。
修学旅行2日目の午後。休憩時間に立ち寄った茶店でのことである。
言い争いの原因は、ついさっき見学した「知恩院」にあった。
このお寺には、「三方正面真向の猫」と呼ばれる、不思議な猫の絵がある。この猫、どの角度からながめても、見る者のほうを向いているように見えるというのだ。
健太も『京都観光マップ』の紹介ページを2重丸でチェックするほど、今回の見学を楽しみにしていた絵だった。
「ぼくは、右からも左からも、下からも、いろんな角度から何度も見たんだ。どこから見て

三方正面真向の猫(模写)

も、ちゃ～んと猫と目が合って見えたよ！」

熱く語る健太に、マジメスギは言い返す。

「だからキミは単純だというんです。あの猫の絵は、目の真ん中に黒目が描かれていた。だからどこから見ても目が合ったような錯覚が起きるんです。まあ、学級委員長をつとめるこのワタシくらい洗練されていれば、錯覚なんかにまどわされませんけどね」

「え～っ、ホントに目が合ったのに……。ねえ、なんとか言ってよ、真実くん！」

健太は、うしろに座る真実に助けを求めた。

しかし、真実がチラリと見たのは健太の顔ではなく、長椅子の上に置かれた、まんじゅうが入った皿だった。

「最後のひとつ、誰も食べないのかい？」

見ると、お皿の中には茶色い皮のまんじゅうがひとつ残っている。

「もちろん食べるよ。これはぼくのだもん！」

健太の言葉に、あわててマジメスギが口をはさむ。

「よく見てください。このおまんじゅうは、お皿の真ん中より、ワタシのほうに近いでしょう？　どう見てもワタシのものです」
「い～や。1・5センチはぼくのほうに近いよ！」
「断じて7ミリは、ワタシのほうに近いです！」
真実はバッグからステンレス製の定規を取り出すと、ふたりの前に差し出した。

「だったら測ってみたらどうだい？」

定規で測ってみて、健太とマジメスギは驚いた。
まんじゅうは、皿のぴったり真ん中

に置かれていたのである。
「ええ～っ、どうして!? ぼくの近くに見えるのに!?」
「ワタシのほうに近いはずなのに……これはどういうことですか!?」
真実はやれやれといったふうに答える。
「たった今、『三方正面真向の猫』の話をしていたばかりだろう？ それと同じ、目の錯覚だよ」

「目の錯覚？」

健太とマジメスギが再び皿をのぞき込むと、真実は説明を続けた。
「お皿を斜め上から見たとき、まんじゅうより手前は、お皿のふちに隠れて見えない。一方、まんじゅうより向こう側は、しっかり見えている。そのため、真ん中にあるまんじゅうでも、手前のふちの近くにあるように感じてしまうんだ。だから、どこから見ても、見た人の近くにあるように見えるのさ」
「これが錯覚!?」

驚くマジメスギに、真実はこうつけ加えた。
「気にすることはないよ。ふつうの人はみんな、錯覚にまどわされるものさ」
そう言うと真実は、抹茶の入った茶碗を手にとり、クルリと回してから口をつけた。
「ふつうの人？　学級委員長をつとめるこのワタシが……？」
よほど悔しかったのか、マジメスギの顔がみるみる真っ赤になっていく。
そして次の瞬間――。
バン！
と、マジメスギはいきなり立ちあがって言った。
「謎野くん。キミに挑戦します！　今からワタシが出すナゾが解けなかったら、これまで集合時間に何

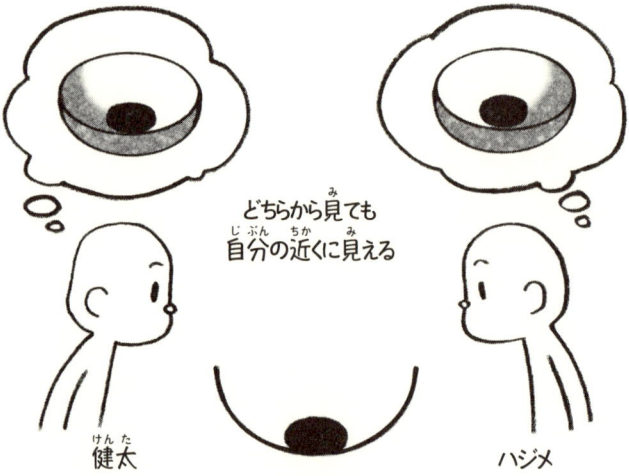

度も遅れた罰として、謎野くんと宮下くんの明日の外出は禁止です！　みんなに迷惑をかけないよう、旅館で1日おとなしくしていてもらいます！」

（どうしよう！　外出できなくなっちゃう!!）

健太はあわてたが、言いはじめたら一歩も引かないのがマジメスギだ。

真実は、そ知らぬ顔で静かに抹茶を飲み続けている。

「いいですか。旅館の人に聞いた話では、ゆうべ、旅館の裏山で巨大な木の化け物が目撃されたそうです。大きな目玉を光らせて、恐ろしい顔でにらみつけてきたそうですよ。この化け物の正体を解き明かしてみてください！」

健太は思わずブルルッと肩を震わせた。

（巨大な木の化け物!?　怖いけど……ホントにいるなら見てみたい……）

真実は、抹茶の茶碗をクルリと回して置くと、ポツリとつぶやいた。

「それは興味深いナゾだ」

「それじゃあ決まりです！　今夜の肝試し。ワタシと謎野くんがペアになります！」

「肝試し？」

マジメスギの言葉に、健太は目をパチクリさせた。

今夜の自由時間、6年2組は肝試しをしようとの案は出ていたが、まだ場所が決まっていなかったのだ。

「肝試しの場所は化け物が出たという旅館の裏山にします。これほど肝試しにぴったりの場所はありません。謎野くんには、ワタシの目の前でしっかりとナゾを解いてもらいますよ。いいですね？」

一方、そのころ。

茶店の中庭では、大前先生と河合先生が向かい合って話していた。

大前先生を見かけた河合先生が、思い切って声をかけたのである。

「あ、あの……大前先生は、どうして理科クラブの顧問になられたんですか？」

「いやあ、実はぼく、子どものころから山登りによく行ってて」

「自然がお好きだったんですね」
「いえ。自然というか……キノコが大好きなんです」
「は……、キノコ？」
大前先生は目をキラキラと輝かせ、いきいきと語り始めた。
「キノコって不思議なんですよ。植物だと思われがちですけど、実は菌類で、カビの仲間なんです。しかも、日本だけでも５千種類以上あって、そのうち、名前がついているキノコが約２千種類、食べられるキノコが約２００種類といわれてるんです。なかには『光るキノコ』なんてものまであって……」
そこまでひと息にしゃべると、大前先生はハッと我に返った。
「あっ、ご興味ありませんよね。キノコなんて」
「えっ、い、いいえ！　ぜひ見てみたいですわ、光るキノコ」
河合先生があわてて答えると、大前先生は満面の笑顔になった。
「そうだ！　よかったら今夜、少しお時間ありますか？　お見せしたいものがあるんですけど、いかがです？」

「今夜……？」
（そんな時間に何を見せてくださるのかしら？　もしかして、指輪……!?　まさか、一気にプロポーズ!?）
「花森小のマドンナ」の河合先生は、ドキドキと胸を高鳴らせていた。

夜7時。旅館の裏山に、6年2組の生徒たちが集まっていた。
裏山とはいうものの、そこは、まるで植物園のようになっていた。
庭造りが趣味だった旅館の先代主人が、広大な敷地にさまざまな植物を植えていたらしい。
しかし、少し奥に目を向けるとうす暗い森が広がり、明かりも、人の気配もなかった。

「え～、では今から、くじ引きで肝試しのペアを決めます」
くじ引きの箱を手にしたマジメスギがみんなに声をかけた。
健太はドキドキしてきた。
（ホントに、巨大な木の化け物なんて出るのかな……）

ほかのみんなも不安そうに顔を見合わせている。

そのようすに気づいたマジメスギは、オホンとせきばらいをした。

「みなさん、何も心配はいりません。責任感にあふれるこのワタシが最初に出発して、化け物の正体を解き明かしてみせます！」

「でも、ペアを組む真実くんがまだ来てないみたいだけど？」

健太がそう言うと、マジメスギの顔色が変わった。

「なんですって？　まさか、怖くなって逃げ出したんじゃないでしょうね」

「真実くんが逃げるはずないよ。もしかしたら、ひとりで先にナゾを解きに行っちゃったのかもしれないけど……」

「ひとりで……？　ま、まさか手柄をひとりじめする気じゃ……こうしてはいられません！」

言うなり、マジメスギはつかつかと健太に歩み寄った。

「えっ、なになに!?」

とまどう健太の手をつかむと、マジメスギはその手を高々と持ち上げた。

「はい、ペア変更！　謎野くんに代わって宮下くん！　ワタシと最初に出発します！」

「ええ～っ!?」

健太の叫び声が夜空に響いた。

裏山の奥は木々が生いしげり、深い森になっていた。

その中を健太とマジメスギがへっぴり腰で進んでいく。

「し、しっかり懐中電灯で照らしてください。手が震えてますよ！」

「す、杉田くんこそ、ひとりで行くのが怖かったくせに！」
その瞬間、健太の懐中電灯が何かを照らし出した。
闇に浮かんだ白い物体――。
それはなんと、ドクロだった！

「わ～っ！　で、で、出た～っ！」
「ひぇぇぇぇ！」

叫び声をあげ、しりもちをつくふたり。
しかし、よく見ると、それは木に立てかけられた看板だった。
「毒キノコに注意！」。その文字の横に、不気味なドクロのイラストが描かれている。
「な、な～んだ。看板かぁ」
「まったく人騒がせな……ん？」

マジメスギが何かに気づいた。
地面に足跡が残っている。
「靴の跡です。これはもしや、謎野くんの？」
「うーん……真実くんの靴の跡にしては、ちょっと大きい気もするけど……」
その足跡は、ドクロの看板を横切り、木々の奥へと続いていた。
「彼に間違いありません。先を急がないと！」
言うなりマジメスギは立ち上がり、先へと歩きはじめた。
「ちょ、待ってよ、杉田くん！」
あわてて健太はそのあとを追った。

奥に進めば進むほど、森のようすは不気味になっていった。
ふたりを取り囲む木々の幹はよじれ、枝はからみ合い、今にも動きだしそうに見える。
「怖くない、怖くない。うん。怖くなんかないぞ。楽しいな～……」
健太が震える声でそうつぶやいた瞬間――。

チカッ……チカチカッ。
持っていた懐中電灯の明かりが、いきなり消えてしまったのだ。
「わあっ！　き、消えちゃった！」
続いて、マジメスギの懐中電灯の明かりもフッと消えた。
「……どうやら、ふたりとも電池が古かったようですね」
もはや前も後ろも、右も左もわからない。ふたりは完全な闇に包まれた。
「どうしよう、杉田くん。戻ろうか？」
来た道を戻ろうとしたそのとき――。
ズルリ！
健太は足を滑らせ、とっさにマジメスギの腕をつかんだ。
「わあっ！」
「な、なんですか、うひゃあ！」
ゴロンゴロンゴロンゴロン！

転んだ先は、急な斜面になっていた。ふたりは、まるで巨大なアリジゴクの巣に吸い込まれるように転げ落ちていく。

ドスン！

「いたたた……」

「だ、だいじょうぶ？　杉田くん」

体を起こしたふたりがあたりを見回すと、そこは学校の教室くらいの広さのくぼみで、まわりはグルリと高い斜面に囲まれている。

「ここはどこなんだろう？　大きな穴の底みたいだけど……」

健太がつぶやくと、マジメスギがふいに声をあげた。

「あ、あれを見てください！」

震える指先でマジメスギが指さしたほうを見ると、数メートル先で何かがボーッと光っている。

健太は、思わず目を見開いた。

ドクン！　ドクン！　心臓の鼓動が全身に響きわたる。

アリジゴク

アリジゴクは、ウスバカゲロウの幼虫。土にすりばち状の巣穴をつくって底にひそみ、落ちてきたアリなどの体液を吸う。幼虫のときは、おしりの穴がふさがっており、成虫になるまで一度もフンをしない。

「も、も、もしかしてあれって……」
大きなくぼみの底で、淡い光を放っていたモノ。それは――。

巨大な木の化け物だった。

高さ20メートルはあるだろうか。醜くひしゃげ、よじれた太い幹。
手足のようにのびた奇怪な枝。
その巨大な木全体が緑色の光に包まれ、ボーッと光っていたのだ。
さらになんと、その太い幹の真ん中には顔があった。
緑色に光る目玉でふたりをにらみ、今にも丸のみしようと、大きな口を開けていたのである。

「わ、わわわ、で、出た――っ！」

健太とマジメスギが叫び声をあげた瞬間、

ザザザ――グオオオ――ッ！

巨大な木の化け物は大きく体を震わせると、ふたりに向かって腕をのばした。
「わーっ！　逃げろーっ！」
ふたりはあわてて、今、転げ落ちてきた背後の斜面を駆け上がった。
しかし、コケの生えた斜面はツルツル滑り、なかなか登れない。
「どうしよう、逃げられないよ！」
くぼみのまわりはグルリと斜面に囲まれている。
しかし、このままくぼみの中にいては化け物に捕まってしまう。
「あっちの斜面を登りましょう！」
マジメスギはそう叫ぶと、化け物の右側の斜面を目指して走り始めた。
健太も必死にそのあとを追う。
その瞬間――化け物の光る目玉がギロリと動き、健太たちをにらんだのである。
「わ～っ、こ、こっちを見た！　見つかったよ！」
「じゃ、じゃあ、反対側です！」
ふたりは化け物の顔の前を駆け抜け、左側の斜面へと向かった。

すると化け物は再びギロリと目玉を動かし、ふたりをにらみつけてきた。
「わ～っ、ダメだ！　また見つかった！」
なんと、木の化け物は、ふたりがどこへ逃げても、光る目玉でギロリギロリと、にらみつけてくるのだ。
「やっぱり最初の斜面を登りましょう！」
健太とマジメスギは、化け物に背中を向け、うしろの斜面を駆け上がった。
コケで滑ったが必死に足を動かし、なんとかくぼみから抜け出ることができた。
「やった～！」
「喜んでる場合じゃありません。早く逃げるんです！」
ふたりは無我夢中で暗い森の中を走った。
そのとき、突然ふたりの前に人影が現れた。
「わ～っ！」
驚いてしりもちをついた健太とマジメスギの顔を、懐中電灯の光が照らした。
「健太くんに杉田くんじゃないか」

それは真実の声だった。
「な、謎野くん！　キミは今までどこで何をしてたんですか!?」
マジメスギは立ち上がると、真実に食ってかかった。
「裏山について調べていたんだ。旅館の古い記録を見せてもらってね」
「それどころじゃないんだ！　ホントに、木の化け物が出たんだよ！　こーんなに大きくて……」
健太が両手を広げて化け物の説明をしようとすると、
「そして緑色に光っていた……違うかい？」
「ええっ!!　どうしてわかるの？」
「ナゾは解けたよ。化け物の正体を解く鍵を見つけたんだ」
「正体を解く鍵？　それはいったい何なんです？」
マジメスギは納得のいかないようすでたずねる。
「ひとつ目の鍵は、これだよ」
そう言うと、真実は懐中電灯でまわりの木々を照らした。

光の先に幹の色が白い木が浮かび上がった。

「あれはブナの木だ。昔の記録にあったんだ。裏山には、たくさんのブナの木が植えてあるって」

「ブナの木？　それと化け物といったい何の関係があるのですか？」

マジメスギも健太も、どこが正体を解く鍵なのか、さっぱりわからない。

「ふたつ目の鍵は、森の入り口あたりにあった看板だ」

「もしかして、ドクロの絵と『毒キノコに注意！』って書いてあったやつ!?」

健太の言葉に真実はうなずいた。

「ブナの木と毒キノコ――このふたつの言葉を見てピンときたんだ。ブナの木に生える毒キノコの中には、とてもおもしろい性質を持つものがあるんだ。それがこれだよ」

そう言うと真実は、自分の手のひらを懐中電灯で照らした。

そこには、直径10センチほどの茶色いキノコがのせられていた。

「これが毒キノコ？　なんだかシイタケみたいだね」

「これは『ツキヨタケ』というんだ。どんな性質を持っているか、今から見せよう」

そう言うと、真実は懐中電灯の明かりを消した。
すると――。

「ああっ!!」

健太とマジメスギは驚いて声をあげた。
暗闇の中、「ツキヨタケ」は淡い緑色の光を放ち、輝いていたのである。
「キ、キノコが光ってる!?」
「これがぼくの出した答えさ。目が光る木の化け物の正体は、この『ツキヨタケ』だったんだ」
しかし……、
「まったく聞いてあきれますね」
マジメスギは大きく首を振ると鼻で笑った。

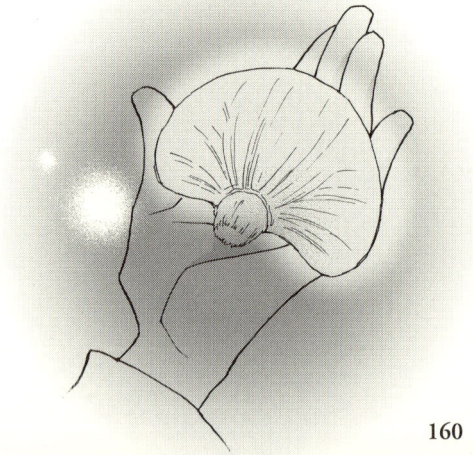

「いいですか、あの木の化け物は、光る目玉がギョロギョロ動いて、ワタシたちをにらみつけてきたんですよ。それはどう説明するんですか？　まさか、キノコが目の中で動き回っていたとでも言うつもりですか？」

その言葉を聞いた真実が、事もなげに言う。

「キミたちは今日の昼間、そのナゾを解く鍵を目の前で見たはずだよ」

「今日の昼間？」

思わず顔を見合わせる健太とマジメスギ。

真実はサラリと髪をかきあげながら言葉を続けた。

「化け物を見た場所に、ぼくを案内してくれないか？　光る目玉がどうしてギョロギョロと動くのか、そのナゾを解いてみせよう」

目玉が動いたように
見えたのは
目の錯覚だよ

解決編

かいけつへん

「もう少しだ。この斜面を下りたところだよ」
手を貸し合い、3人は慎重にくぼみの底に降り立った。
「あ、あれが化け物だよ！　ほら、動いてる！」
健太が指さした先に、緑色に光る巨大な木の化け物の姿があった。

ザザザ――グオオ――！

幹と枝を激しくゆらし、目玉をボーッと光らせている。
「やっぱり。思ったとおりだ」
そう言うと、真実はスタスタと化け物へ近づいていった。
「だ、だいじょうぶ!?　捕まっちゃうよ！」
健太も、おそるおそる真実のあとに続いた。
真実は、化け物に懐中電灯の光を当てると、振り返った。
「これは化け物なんかじゃない。ブナの老木が風にゆれてるだけさ」
「ブナの老木……？」

ブナ
現在、天然のブナの林は少なくなっている。ブナの自然林が広がる白神山地（青森県・秋田県）は、貴重な自然だとして世界遺産に登録されている。

マジメスギも、ソロソロと木に近づいた。

見ると、白い幹の表面は、淡く緑色に光るキノコにびっしりとおおわれていた。

「すごい……これぜんぶ『ツキヨタケ』？」

真実はうなずいた。

「『ツキヨタケ』は、こうした年老いた古いブナの木に生えるんだ。成長して、キノコのカサが開くと光りはじめる。どうして光るのかは、まだ解明されてないけどね」

「だから木が緑色に光って見えたんだね！」
懐中電灯で照らしてみると、大きな口に見えたのは、幹にポッカリと開いた大きな穴だった。
「そしてこっちが、ギョロギョロ動く目玉の正体さ」
真実が指さした先には、やはりふたつの穴が開いていた。
穴の奥にはツキヨタケが生え、緑色に光っている。
「納得いきませんね。どうしてこれがギョロギョロ動いて見えたんですか？」
ハジメは不満そうに首をひねっている。
「ナゾを解く鍵は、今日の昼間、お皿にひとつだけ残ったまんじゅうさ」
「まんじゅう？」
健太とマジメスギは、キョトンとして真実を見る。
「あのとき、まんじゅうは、どこから見ても自分のそばにあるように見えただろ？　あれと同じさ」
そう言うと真実は、木の幹にあいたふたつの穴に近づいた。

「いいかい？　お皿がこの穴、そしてまんじゅうが穴の奥で光るツキヨタケだ。穴の奥にあるツキヨタケはどこから見ても自分の近くにあるように見える。だから、目玉が動いているような錯覚を起こすんだ」

「錯覚だって？」

健太とマジメスギは、ふたつの穴を右側からのぞき込んだ。

ツキヨタケは穴の右側に見える。

そのままふたりが穴の左側へと移動すると、ツキヨタケも、ふたりを追いかけるように、穴の左側に移動したように見えた。

「ホントだ！　ぼくたちが動くと、穴の奥にあるツキヨタケも動いたように見えるよ！」

健太とマジメスギは驚いて顔を見合わせた。

「そう。それが、化け物の目が動くナゾの答えさ」
「な～んだ。そんなことだったのか～！」
健太はホッと胸をなでおろした。
そのとき――。
「あ、あれを見てください！」
突然、マジメスギが斜面の上を指さした。
見ると、斜面の上に、淡い緑色の光がフワフワと漂っている。
健太は息をのんだ。

「も、もしかして人魂!?」

やがて緑色の光は、森の奥へと移動して見えなくなった。
「あ、あれも、何かの目の錯覚かな？」
目をゴシゴシこすりながらつぶやく健太に、真実は首を振った。
「いいや、錯覚じゃない。あの光は本物のようだ。あとを追ってみよう」

人魂
墓場などで目撃される、青白く光るもの。人間の魂だとされている。かつては土葬だったため、遺体に含まれるリンという成分が自然発火したのだという説もある。

「あの人魂、いったいどこへ行くんだろう？」
健太たち3人は、フワフワと移動する光のあとを追って木々のあいだを進んだ。
やがて、木々の向こうに古い門が見えてきた。どうやら裏山の出入り口のようだ。
よく見ると、門の近くに人影が見える。
マジメスギが目を細めてつぶやいた。
「ん？　あの人影、河合先生じゃありませんか？」
よく見ると、ゆるふわカールのロングヘアが夜風にゆれている。
それは、「花森小のマドンナ」の河合先生の姿だった。
「もしかして、あの人魂は、河合先生を目指して進んでるってこと？」
健太がそう言った瞬間、聞き覚えのある声があたりに響いた。
「いやあ、河合先生、お待たせしちゃってすみません！」
木々のあいだから飛び出した人物――それは担任の大前先生だった。手には、緑色に光るツキヨタケがぎっしり入った透明のケースを持っている。

「どうですか？
これが光るキノコ、ツキヨタケですよ。
きれいでしょう!?
いや〜、見つけるのに苦労しちゃって……」

そう。健太が人魂だと思った緑色の光は、大前先生がケースに入れて運んでいた、ツキヨタケの光だったのである。

河合先生は、ケースを前にぼう然と立っていた。

「……わたくしに見せたいものって、これですの……？」

「はい。昼間、おっしゃっていたでしょう？　光るキノコを見たいって」

「そ、そうですわよね。指輪……のはずないですわよね。オホ……オホホ……」

「やっぱり！　キノコって見ているだけで自然と笑顔になりますよね！　ハハハ！」

「……あれが人魂の正体ですか？」
思わず溜め息をつくマジメスギに真実が声をかけた。
「とにかく、木の化け物のナゾは解けたよ。早く戻ってクラスのみんなに報告したらどうだい？」
「えっ、ワタシが報告してもいいんですか？」
「好きにしたらいい」
「そ、そうですよね。みんなで解いたナゾですからね。ではしかたがない。学級委員長のこのワタシが、３人を代表して報告させていただきます！」
健太はドヤ顔を決めたマジメスギに、おそるおそる聞いてみた。
「これで明日は外出していいよね、杉田くん？」
「ん～しかたありませんね。今回は特別ですよ！」
「よかった～！　真実くん、明日も一緒に見学しようね！」
健太がとびきりの笑顔で真実を見ると、真実はコクリとうなずいた。

4

SCIENCE TRICK DATA FILE

科学トリック データファイル

奇妙なキノコの世界

キノコは、動物でも植物でもない、「菌類」です。実はキノコの本体は、地面や枯れた木の中にのび広がる、根のような「菌糸体」です。

ふだんわたしたちが食べているのは、「子実体」と呼ばれる部分で、植物でいえば花にあたります。仲間を増やす時期にだけ、菌糸が集まってつくられます。

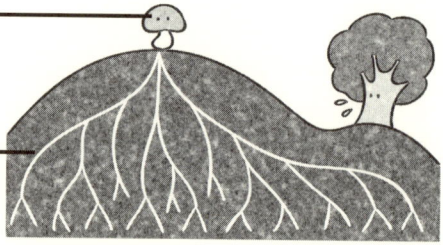

びっくりキノコ
いろいろ

【ワライタケ】
食べた人は笑いが
止まらなくなる
という毒キノコ

【冬虫夏草】
虫に寄生し、
虫の体を
栄養にして
生える キノコ

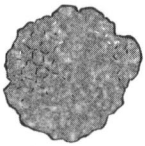

【トリュフ】
キャビア・フォアグラと
ともに世界三大珍味に
数えられる、
香りのいいキノコ

A.カビや、お酒を
つくる酵母と同じ
「菌類」なんだよ

池に浮かぶ文字

呪いの修学旅行5

事件編

修学旅行3日目。

観光バスを降りると、そこには千年杉の巨木が立ち並ぶ幻想的な景色が広がっていた。

ここ、貴船神社は、京都鴨川の水源地にあり、平安時代から信仰を集めている由緒正しき神社。縁結びの神様としても知られている。

境内は、班ごとに分かれて見学することになった。

「ねえ、知ってる？　貴船神社はね、丑の刻参りの発祥の地っていわれてるのよ」

美希が健太にささやく。

「丑の刻参りって……あの、呪いのワラ人形の？」

「そう、それ！　その昔、宇治の橋姫って人が、恋敵を呪い殺すために、貴船神社で7日間の丑の刻参りをしたのがはじまりなんだって。今でも時折、ワラ人形にクギを打つ、カーン、カーンという音が聞こえてくることがあるそうよ」

丑の刻参り
ワラ人形をクギで木に打ちつけて呪いをかける呪術。白い着物で胸に魔よけの鏡を下げ、頭には3本のろうそくを立てた五徳（足のついた鉄の輪）をかぶるのがスタンダードな姿。ちなみに丑の刻とは、午前2時ごろ。

宇治の橋姫
しっとのあまり、生きながらにして鬼となり、夫と恋敵を食い殺したという伝説がある。

「い、今でも!?」

健太は、ゾッとした。

「丑の刻参りを見られた人は、見た人を抹殺しなきゃいけない決まりがあるらしいの。何か恐ろしいことが起きなきゃいいけど……」

美希はトドメを刺すかのように、怖い声でそう言うと、おびえている健太を残し、自分のクラスに戻っていった。

（どうしよう？　丑の刻参りの人に出会っちゃったら……）

それでなくても、健太はお母さんから「間の悪い子ね」と、よく言われる。見学中、健太はなるべくまわりを見ないようにしながら、うつむきかげんで歩いていた。

「あれ!?」

しばらくして、ふと顔をあげると、誰もいなくなっている。

「ウソ、みんなどこ!?」

健太はどうやら、みんなとはぐれてしまったようだった。あわててあたりを見渡すと、木立の陰にボーッとたたずむ人影が見える。人影は何かをギュッと握りしめ、髪を振り乱して、全身からどんよりした暗いオーラを漂わせていた。

（まさか、丑の刻参りの人!?）

健太は、凍りつく。逃げようと思ったが、足がすくんで動くことができない。

すると、人影がこちらを振り返った。健太は、心臓が止まりそうになる。

しかし、よく見るとそれは河合先生だった。

（……なんだ）

健太はホッとして、「どうしたんですか？」と、河合先生に声をかけた。

「えっ？　……い、いえ、なんでもありませんわ」

河合先生は握りしめていた「何か」をあわててコートのポケットにしまい、その場を離れていく。そのとき、「何か」がハラリと、先生のポケットから落ちた。

「先生、落とし物！」

健太は声をかけたが、河合先生は気づかずに行ってしまう。

「……なんだろう、これ？」

健太は、河合先生が落としていったものを拾いあげた。どうやらそれは、おみくじのようだ。しかし、不思議なことに、占いの内容は何も書かれていない。「方向」「病気」「旅行」「恋愛」「願望」などの項目の下は、すべて空欄となっていた。

「変だな、このおみくじ。どうして何も書いてないんだろう？」

「それは、水占いおみくじだからだよ」

「え？」

振り向くと、健太のすぐうしろに、いつのまにか真実が立っていた。

真実は手をのばし、健太が持っていたおみくじを手に取る。

「内容は、ちゃんとここに書いてあるさ」

「ウソ、ぼくには何も見えないよ？」

「このままじゃね。でも、すぐに見えるようになる」

真実はそれだけ言うと、おみくじを手に、歩きだした。

真実たちがやってきたのは、神社の社務所近くにある「御神水」と呼ばれる池の前だった。手にしたおみくじをその池に浮かべる真

実。――と、しばらくして、おみくじにはジワジワと文字が浮き出てきた。

最初、薄くてよくわからなかった文字は、やがて、はっきりと意味をなす文になる。おみくじの真ん中には「中吉」の文字が、空欄だったそれぞれの項目には占いの内容が現れたのだ。

「これって、もしかして……魔法のおみくじ!?」と、目を丸くする健太。

真実は苦笑しながら、「そんなわけないだろ」と答える。

「このおみくじは、特殊な透明インクで印刷されているんだ。たとえば、水と結びつきやすい性質を持ったインクとかね。紙を水に浸すと、インクで書かれた部分だけ、早く水がしみ込んで紙の色が変わり、文字が浮かびあがってくるしくみさ」

「ええと、それってつまり……」

「簡単に言うと、水のあぶりだし」

「あ、そういうことか」

ミカン汁などで書かれた文字が、火であぶると出てくる「あぶりだし」のことは、理科の実験で習ったので、健太も覚えていたのだった。

「それにしても、このおみくじ、内容がずいぶんとかたよっているなぁ……」

河合先生が引いたおみくじは、ほかの運勢はとてもいいのに、恋愛運のところだけ「思ひ直すべし」というミもフタもない一言が書かれていた。

「そっか。それで河合先生は、あんなに落ち込んでいたんだね」

と、納得する健太。

結局、美希が言っていた「恐ろしいこと」は何も起きず、その日の見学は無事に終わったのだった。

見学を終えた修学旅行生たちは、クラスごとにバスに乗り、その日泊まる旅館へ向かった。

美希のクラス、6年1組のバスの車内では、うわさ好きの女子3人組——山田あや、鈴木カオル、田中ゆっこが、うわさ話に花を咲かせている。ゆっこのとなりに座った美希は、3人の話に耳をかたむけていた。

「ねえねえ、知ってる？　今日泊まる京都の『小池荘』っていう旅館にはね、『恋池』っていう池があって、夜中の12時にその池に赤い色紙を裏返しにして落とすと、自分を想っている人の名前が浮かんでくるんだって」

あやが言うと、「そのうわさ、わたしも知ってる！」と、ゆっこ。去年、修学旅行へ行ったお姉さんから聞いたという。

「色紙に好きな人の名前が浮かんできたら、いいなぁ……」

うっとりした顔でつぶやく女子3人組を見て、美希は驚いた顔で言った。

「ウソ！　みんな、好きな人とかって、いるの？」

すると、3人はいっせいに美希に質問を投げかけはじめる。

「そういう美希はどうなのよ？」

「誰か好きな人いるの？」

「もしかして……宮下くん？」

「まさか。そんなわけないでしょ。ただの幼なじみよ」

美希がそう言うと、3人は、「それは、そうよね」と納得する。
「じゃあ、やっぱり謎野くん？　よく一緒にいるところを見かけるけど」
カオルの質問に、美希は「違う、違う」と否定した。
「わたしは新聞部として、さまざまなナゾを解き明かす謎野くんに興味があるだけ。謎野くんと一緒にいると、スクープもねらえるしね」
「ふーん……」
「じゃあさ、謎野くんって、誰が好きなんだろう？」

「……え？」

あや、カオル、ゆっこに食い入るようなまなざしを向けられ、とまどう美希。
「そ、それは……」
真っ先に美希の頭に浮かんだのは、健太の顔だった。
（そういえば、謎野くんが自分から話しかける相手って、健太くんだけよね……。ひょっとして……）

「謎野くんが好きなのは、健……」
思わず言いかけ、美希はあわてて言い直す。
「べつにいないんじゃない？　謎野くん、恋愛とか興味なさそうだし」
女子3人組は顔を見合わせ、「そうよね」とうなずいた。
美希はこのとき心の中で、真実と健太の関係が本当のところどうなのか、ぜひとも確かめてみなくては……と、考えていた。

夕方、生徒たちは、うわさの「恋池」がある旅館「小池荘」に到着した。
「ちょっと待って！　とっておきの話があるの」
夕食後、部屋に戻ろうとした真実と健太を呼びとめ、美希は『恋池』の話を切り出した。
「夜中の12時にその池に赤い色紙を裏返しにして浮かべると、自分のことを想っている人の名前が浮かんでくるんだって。うわさが本当かどうか、確かめてみない？」
「本当に、この学校のみんなは非科学的だね」
「おもしろそう！　ね、やってみようよ、真実くん」

真実はあまり乗り気ではなかったが、健太にしつこく誘われ、しぶしぶといったようすで同意する。

「……あ、でも、夜中に部屋を抜け出したりして、平気かな？　ハマセンに見つかったら、エライことになるよ」

健太が心配すると、「その点はだいじょうぶ」と、美希は即座に答えた。

「ウチのクラスのゆっこが、お姉さんから聞いた話によると、夜10時に最後の見回りを終えたあと、先生たちは宴会を開くらしいの。宴会が始まると、しばらく部屋から出てこないから、見つかる心配は、まずないって」

「そっかぁ……。だったら、安心だね」

美希に太鼓判を押され、健太はホッとしたようすでほほえんだ。

「じゃあ、決まり！　12時10分前に中庭の『恋池』の前に集合ってことで、どう？　色紙はわたしが用意しておくから、必ず来てね」

美希はふたりにそれだけ告げると、その場を離れていった。

真実たちと別れた美希は、色紙を買うため、旅館の中にある売店へとやってきた。

そこには土産物やお菓子、日用雑貨などのほかに、修学旅行生向けに文房具なども売られている。

美希はまっすぐ文房具のコーナーに行くと、色紙を手に取り、レジへと向かった。

色紙を買ったあと、店を出ようとした美希は、ふと足を止める。

店内に、あや、カオル、ゆっこの姿があることに気づいたのだ。

あやは舞妓さんの絵柄の壺に入った砂糖を、カオルはミカンを、ゆっこは花が入ったせっけんを、それぞれ手にしている。

（あやったら、京都土産にお砂糖？　カオルはどうして、ミカンを買うのかしら？　ゆっこも、わざわざせっけんなんか買わなくたって、お風呂には備えつけのボディーソープがあるのに……）

美希は不思議に思ったが、色紙を買ったことがしれると、なんとなくバツが悪かったので、３人には声をかけずにその場をあとにした。

午後11時。

消灯時間はとっくに過ぎていたが、６年２組の男子部屋では、生徒たちが今日も枕投げや怪談話で盛りあがっていた。先生たちは、10時の見回りを最後に現れない。
そんななか、美希との約束が気になって、健太は気もそぞろだった。
「ねえ、真実くん」
健太は、となりの布団にいる真実に、そっとたずねる。
「美希ちゃんが言ってたあの話、ホントかなぁ？　もし、池に浮かべた色紙に、誰かの名前が浮かんできたらどうする？」
「べつに」と、真実は読んでいた本に目を落としたまま、そっけなく答えた。
健太は「はぁ……」と、溜め息をつく。
「今年のバレンタインも、チョコ、一個ももらえなかったし、きっとぼくの色紙には何も出てこないんだろうなぁ。……あ、でも、万に一つの奇跡が起こることもあるし……」
そんなことを考えだすと、胸がドキドキしてきて、健太はますます落ち着かなくなるのだった。

そのころ、先生たちの部屋では――。

「みなさーん、盛りあがってますかぁ～？　ではでは、ここで、不肖わたくし、浜田典夫が、本日３回目の乾杯の音頭を取らせていただきます！」

ノリノリのハマセンに、ほかの先生たちがつきあわされるといった形で、宴会が続いていた。そんななか、河合先生は、昼間のおみくじの結果が悪かったのをひきずってか、どんよりとしていた。

「河合先生」と、そのとき、となりにいた大前先生が声をかけてきた。

「どうなさったんですか？　さっきから元気がないみたいですけど」

「え……？　あ、いえ、ちょっと疲れただけですわ」

河合先生はドギマギしながら、うわずった声で答える。

「そりゃあ、疲れもしますよね。考えてみたら、修学旅行のコース決めからぜんぶ、河合先生がおひとりでなさったんですもんね。今日はどうぞゆっくりなさってください」

（ま、大前先生ったら、なんておやさしい……そうよね。占いの結果より、今、目の前にいる大前先生のやさしさこそがすべてなんだわ！）

河合先生は笑顔で「はい」と答えると、ポッと頬を染めた。

午後11時45分。
布団から起きあがった美希は、3枚の赤い色紙を手に、「恋池」へと向かう。
裏口を出て、本館と別館のあいだの通路を通り抜け、中庭に出ようとしたそのとき――

「わっ！」
「きゃっ！」

美希は暗がりで誰かとぶつかり、ころんでしまった。
ぶつかった相手は、一緒に歩いていたほかのふたりを巻き添えにして、ドミノ

倒しのようにもつれ、しりもちをつく。
「ご、ごめんなさい……」
「いえ、わたしたちこそ……」
よく見ると、目の前にいるのは、あや、カオル、ゆっこの3人だった。
「なんだ、あやたちも来てたの？」
「そういう美希も？」
あやたちは、それぞれ赤い色紙を手に、「恋池」へ向かおうとしていたのだった。
「そういえば、色紙……」
ぶつかった拍子に、美希も、あやたちも、色紙を落としてしまったようで、一同のまわりには、6枚の色紙がバラバラになって落ちていた。
「これじゃあ、どれが誰のだかわからないよね～」
ぼう然とするゆっこ。
「べつにいいんじゃない？　同じ赤い色紙なんだし」

美希はそう言うと、落ちていた色紙を3枚、適当に選んで拾いあげる。
女子3人組も、それぞれ色紙を1枚ずつ拾い、そろって「恋池」へと向かった。

池の前には、すでに真実と健太が来ていた。
「お待たせ。はい、これ。あなたたちの分よ」
美希はそう言って、手にした3枚の赤い色紙のうち、2枚を真実と健太に渡す。
「えっ、もしかして、謎野くんや宮下くんも一緒なの？　なんか恥ずかしいなぁ」
あやたち3人組は、真実がそこにいることを意識して、モジモジしはじめた。

中庭のいちばん奥にある「恋池」には、太鼓橋がかかっている。
真実、健太、美希、あや、カオル、ゆっこの6人は、それぞれ赤い色紙を1枚ずつ手にしながら、太鼓橋の上に並び、池をのぞき込んだ。
「ふーん……これが『恋池』ねぇ」
「なんてことはない、ふつうの池みたいだけど……」

池を見ながら、つぶやく真実と健太。その池が「恋池」と呼ばれるようになったのは、旅館の名前にちなんでと、魚のコイが泳いでいることからだという。

そのとき、美希が言った。

「そろそろ、12時になるわよ」

その声に、一同は顔を見合わせ、ゴクリと息をのむ。

「じゃあ、行くよ」

「せーの！」

６人はかけ声をかけ合いながら、手にした赤い色紙を裏返しにして、いっせいに池に落とした。

「……」

６人は息をひそめ、池を見つめていたが、６枚の色紙に変化はなく、文字らしきものは何も浮かんでこない。

「やっぱり、ただのデマだったんじゃない？　それとも……わたしたち全員、誰からも想われていない、とか？」

カオルがつぶやいたそのとき、池をじっと見つめていた美希が、1点を指さしながら、「ねえ、見て！」と、叫んだ。

その場にいた一同は、いっせいに身を乗り出して、美希が指さすほうを見た。

「ああっ！」

「か、紙に文字が……！」

池に浮かんだ6枚の色紙のうち、5枚は何も変わらなかったが、残る1枚に、何か、文字のようなものが浮かびあがってきた。

なぞの
しんじつ

「えっ、ナニナニ？　なんて書いてあるの？」
最初、文字はうっすら、とぎれとぎれで、何が書いてあるのかわからなかったが、それは徐々に濃い赤になり、くっきりとした七つの文字になる。

「な……ぞ……の……し……ん……じ……つ……」

「謎野真実!?」

「これって、まさか……」と、一同は、顔を見合わせる。
「名前が浮かんだってことは、謎野くんは、この紙を落とした人のことが好きってことだよね？」
「えっ、誰？　誰？　誰がこの紙、落としたの!?」

「あの……そこに落としたの、ぼくだけど？」

女子たちが騒然となるなか、健太がおずおずと答える。

「宮下くん!?」

予想外の展開に、みんなは驚きの表情で、健太を見た。

「……てことは、つまり、謎野くんは、宮下くんのことが……好き？」

一同、ぼう然とするなか、美希はニヤリと笑いながら、「……やっぱりね」と、つぶやく。今回、美希が真実と健太にうわさの検証を持ちかけた本当のねらいは、ふたりの関係を確かめることだったのだ。

（わたしの思ったとおりだわ。ふたりは愛の絆で結ばれたホームズとワトソン……ステキ！）

妄想をめぐらせる美希。

かたわらで3人の女子たちは、気のぬけた顔で溜め息をついた。

「謎野くんは、6年女子全員のあこがれの的だったのに……」

それを聞いた健太は、のんきな笑顔で言う。

ホームズとワトソン
ワトソンは、名探偵シャーロック・ホームズの助手で、ホームズより2歳年上の医者。この有名な推理小説を生み出した作者のコナン・ドイルも、もともとは医者だった。

「へえ、そうなの～？　すごい、真実くんって、モテるんだね～」
すると、あやたちはいっせいに、キッと健太をにらみつけた。
「その謎野くんに想いを寄せられてるってことは、宮下くんは6年生の女子全員を敵にまわしたも同然なのよ」
それだけ言うと、あやたち3人は、健太にクルリと背を向け、去っていった。
健太は、がく然とした。
「そんな……どうしよう？　真実くんに好かれているのはうれしいけど、ぼく、6年の女子全員を敵にまわしたくない！」
あせりまくる健太をたしなめるように、真実が言う。
「健太くん、キミはこの現象を、何か超常的なものだとでも思っているのかい？」
「いや、だって、最初は何も書かれていない、ただの裏返しにした赤い色紙だったんだよ？それが池に浮かべて、しばらくしたら、突然、文字が出てきて……」
言いながら健太は、それと同じ現象をどこかで目撃したことに気づいた。
「そういえば……貴船神社の水占いおみくじ！　もしかして、この現象もあれと同じなの？」

健太が言うと、「そのとおりさ」と真実は答える。

「水のあぶりだしは、特殊な印刷技術がなくても、ミョウバンや、マニキュアを落とす除光液など、身近なものを使っても可能なんだ。今回、この池で起きた現象は、貴船神社の水占いおみくじをヒントに、誰かがしくんだのさ」

「水占いおみくじって何？」

そのとき、美希がたずねた。健太は得意になって、昼間、貴船神社であったことを美希に説明する。

「へえ、そんなおみくじ、あるんだ～」

美希は感心し、「そういえば……」と言いながら、あやたちとぶつかった一件を話す。

「あのとき、色紙がバラバラになって、誰のものかわからなくなっちゃったのよね。もしかして、あの中の1枚に、水のあぶりだしで、謎野くんの

ミョウバン
おもに食品添加物として使われている。汗を抑えたり、体のにおいを防いだりする効果もある。

名前が浮き出るようなしかけがしてあったのかも……」
「なるほど、そういうことか」
美希の言葉に、真実はうなずく。
「色紙にしかけをしたのは、山田あや、鈴木カオル、田中ゆっこ――3人のうちのひとりだ。この中に、誰か、ミョウバンや除光液を持っている人、もしくは買った人はいるかい？」
真実は、美希にたずねた。
「ううん」
美希は答え、
「でも、3人は売店で、変な買い物をしてたけど」
と、付け加える。
「変な買い物？」
「あやはお砂糖、カオルはミカン、ゆっこはせっけんを買っていたのよ。べつに変なものじゃないけど、わざわざ修学旅行で買う必要はないのにって、思ったの」

「なるほどね」

真実は人差し指で眼鏡をクイッとあげ、サラサラの髪をかきあげた。

「しかけをしたのが誰か、ぼくにはもうわかったよ。ヒントは３人が買ったものさ」

解決編
かいけつへん

「……で、誰なの、そのしかけをした人って？　もしかして、ミカンを買ったカオルちゃんかなぁ？」
「ううん、あやよ！　ミカンはそのままでも食べられるけど、お砂糖なんか買ったって意味ないでしょ？　お土産にしてはちょっと変わってるし……」
健太と美希は口々に言ったが、「どちらも不正解だね」と、真実は答えた。
「ミカンの汁や砂糖水は、火のあぶりだしには使えても、水のあぶりだしには使えない」
「じゃあ、しかけをしたのは、せっけんを買ったゆっこちゃん？」
「消去法から言っても、ゆっこしかいないわね」
「そういうこと」と、真実は答え、解説する。
「せっけんの成分は、汚れと水の両方にくっつくことで、汚れを水に混ぜて落としやすくしている。つまり、せっけんには水と結びつきやすい性質があるんだ。だから、色紙の裏側にせっけんで文字や絵を描いて水に浮かべると、その部分だけ早く水がしみ込んで裏の色が透けて見えて、文字や絵が浮き出てくるんだ」
「そっかぁ！　真実くんは、ホントすごいな」

みごとナゾを解き明かした真実に、健太は尊敬のまなざしを向ける。

しかし、真実の表情は、今ひとつ晴れない。

「実は、ぼくにもわからないことがひとつだけあるんだ」

「えっ、真実くんにも、わからないこと？」

「そもそも、なんで田中ゆっこさんは、わざわざ色紙にぼくの名前を浮かびあがらせるような細工をしたんだろう？　そんなことをして、彼女に何のメリットがあるのかな？」

「謎野くん、科学は得意でも、女心には、からっきし疎いのね」

美希はあきれたように、溜め息をついた。

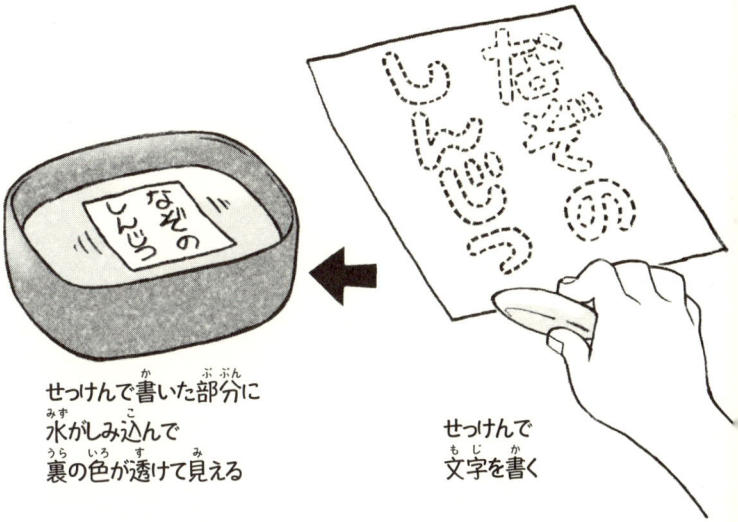

せっけんで書いた部分に
水がしみ込んで
裏の色が透けて見える

せっけんで
文字を書く

部屋に戻った美希が、ゆっこにそっと真相を確かめてみると、やはり真実が推理したとおり、ゆっこが色紙にせっけんで真実の名前を書いたことがわかった。

去年、修学旅行に行ったお姉さんから聞いて、ゆっこは水占いおみくじや、水のあぶりだしのことを知っていたという。

「謎野くんとうわさになりたかったの。そうすれば、謎野くん、わたしのこと、気にしてくれるかなと思って……美希、どうしよう？　わたし、もう恥ずかしくて、学校に行けない！」

落ち込むゆっこを、「だいじょうぶよ」と、なぐさめる美希。

「謎野くんが見破ったのは、トリックだけ。ゆっこの気持ちには、全然気づいてないから」

それを聞いて、ゆっこは安心したようにほほえみ、「よかった」と、つぶやく。

（それにしても、あんなトーヘンボクを好きになるなんて、ゆっこも物好きよね……）

美希は、心の中でつぶやいた。

翌日は、修学旅行の最終日。

旅館を出て、バスに乗り込もうとした真実は、ふと足を止める。前に止まるバスの前で、じっとこちらを見ているゆっこの姿に気づいたのだ。

「おはよう」

真実が声をかけると、ゆっこは顔を赤くしながら、

「お、おはよう……」

と、ぎこちない笑顔であいさつを返す。それから、ちょっとうれしそうなようすで、バスの中へと消えていった。

トーヘンボク
（唐変木）
気のきかない人や、ものわかりの悪い人を、ののしるときの言葉。

5

SCIENCE TRICK DATA FILE

科学トリック データファイル

浮かびあがる文字

うがい薬とかたくり粉を使って「水のあぶりだし」をしてみましょう。この方法では、かたくり粉に含まれるデンプンが、うがい薬に含まれるヨウ素と結びつき、紫色に変化します。

このように、デンプンとヨウ素が結びついて紫色になる現象を、「ヨウ素デンプン反応」といいます。ヨウ素デンプン反応は、食品にデンプンが含まれているかどうかを調べるときなどに使われています。

【実験してみよう】

用意するもの：水、かたくり粉、習字用の半紙（またはキッチンペーパー）、うがい薬（ヨウ素が入っているもの）

①かたくり粉を水で溶かし、電子レンジで少し温める（沸騰させない）

②かたくり粉液が冷めたら、筆などで半紙に文字を書き、紙を乾かす

③うがい薬を混ぜた水に紙を浸すと、紫色の文字が浮かびあがる！

※ノートの紙やコピー用紙にはデンプンが含まれているので、紙全体が紫色になり、うまくいきません。

A. うがい薬を使う方法を紹介するよ

写真のナゾ
しゃしん

呪いの修学旅行6

事件編

修学旅行の最終日。
花森小学校の生徒たちは、土産店にやってきた。
「よし、みんな。お土産を買うのは1時間だからな～」
大前先生がそう言うと、生徒たちが店の中にちらばる。
お土産を買ったら、あとはバスに乗って帰るだけだ。
「やっぱりお土産といえば、八ツ橋よね、あとはおまんじゅうとおせんべいに、あっ、モナカも買わなきゃね！」
「美希ちゃん、食べ物ばっかりだね」
「そういう健太くんこそ、何を買ったのよ」
「ぼくはもちろん、これさ！」
健太は京都府の形をしたキーホルダーを自信満々に見せた。
「……なんか、センス悪いんだけど」
「なに言ってるの。ぼくは旅行に行くたびにこういうキーホルダーを買ってるんだ。夢は47都道府県すべて集めて、日本地図を完成させることだからね！」

「あ、そう……」
美希はあきれて小さな溜め息をもらした。
そのとき健太は、店のすみにあるベンチに真実がひとりで座っていることに気づいた。
真実は、校長先生から渡されたあの写真をじっと見つめている。
（結局、真実くん、修学旅行中に写真の場所がどこなのかわからなかったんだよね……）
写真に写っているのは、満開の桜と、その前に立つ真実の父・謎野快明。そして夜空には、いくつも星が見えている。

（たぶん、あの桜のある場所に行けってことだよね？　写真にはたしか、うしろのほうに屋台があって、そのそばに観光客みたいな人たちもいたけど……）

屋台が出ているということは、観光客がよく訪れる場所なのだろうか。

（でも、そんなの日本中にあるし、さすがにどこなのかわからないよね……）

健太は真実のことが心配になり、そばに歩み寄った。

「真実くん、はいこれ」

差し出したのは、京都府の形をしたキーホルダーだ。

「真実くんもお土産買おうよ、楽しいよ」

「いや、ぼくはそういうのは……」

「キーホルダーがいやなら、金閣寺の置物はどう？　あっ、『京都星空図鑑』っていう本もあるよ！　真実くん、こういう本好きだよね？」

健太は棚に置かれていた図鑑を手に取ると、真実に見せた。

「ほらっ、星空がきれいだよ！」

「確かにきれいだけど、そういうのもちょっと……」

「そんなこと言わないで、一緒にお土産買おうよ。写真のことで悩んでいるのはわかるけど、ぼく、真実くんに元気になってほしいんだ」

「健太くん……わかったよ」

真実は立ち上がり、お土産コーナーに向かうことにした。

そのとき、真実は手に持っていた写真を思わず床に落としてしまった。

「あらら」

健太が写真を拾う。

「あれっ？」

健太は、写真を見つめた。

「この屋台のそばにいる人が持ってるのって……」

「どうしたんだい、健太くん？」

健太はリュックのポケットに手をのばすと、丸めていたあるものを取り出した。

それは、健太が100回は読んだという『京都観光マップ』だ。

「あっ！」

真実は、その観光マップを手に取り、写真の中の屋台のそばに立っている観光客が持っているものと見比べた。

「一緒だ……」

観光客の手には、健太と同じ『京都観光マップ』が握られていたのだ。

「じゃあ、この写真は京都で撮られたってこと？」

「そういうことになるね」

真実はチラリと土産店の壁にかかっている時計を見つめた。

「バスに乗るまで、あと30分か……」

「30分でこの写真が京都のどこなのか探し出せるかな？」

「難しいだろうね。桜の咲く場所なんて数え切れないほどあるから……」

真実はくやしそうな顔をして、思わずうつむいた。

観光マップ
京都
KYOTO
とっておき
古都歩き
お寺めぐりから
グルメ・スウィーツまで

「ん？」
真実は、健太がベンチの上に置いた『京都星空図鑑』に目を留めた。
季節ごとの星空がのっているページが開かれている。
「これは……」
真実は、口元に手をあてて図鑑にのっている星空をじっと見つめた。

「どうしたの、真実くん？」
「父の写真を貸して！」
「えっ、あ、うん」
健太が写真を渡すと、真実は食い入るように写真を見た。

「なるほど、そういうことか。……どうやら、ぼくたちはこの写真の季節をカン違いしていたようだ」
「どういうこと？　春の写真じゃないの？」
「答えは、この図鑑の中にあったんだ」
「図鑑の中に？」
真実はどうして季節をカン違いしていたと言ったのだろう？

解決編

かいけつへん

健太は写真と図鑑を何度も見比べてみた。
「写真にも星は写っているけど、べつにおかしなところはなさそうだよ？」
「健太くん、点で見ていても答えは出てこないよ。線で見るんだ。星と星を線でつなぐと何になる？」
「線でつなぐと、ええっと……、あっ、星座になるよね！　あああ！　そうか、わかった！」
健太は、図鑑の「秋の星座」を指さした。
「この『秋の星座』の星空と、真実くんの持っている写真に写っている星が同じだ！」
「そのとおり。この星座はアンドロメダ座とペガスス座からなる『秋の四辺形』なんだ」
「なるほど、そうだったんだ！　だけど、それのどこがカン違いだったの？」

「わからないかい？　この写真は季節が『秋』なのに、なぜぼくたちは『春』だと思っていたのか？」

「ああ！」

健太は、真実の持っている写真のある部分を凝視した。

「秋なのに、どうして桜が!?」

写真には、満開の桜が咲いているのだ。

「桜が咲いてるってことは、この写真を撮ったのは春だよね？　それなのになぜ夜空には秋の星座が見えてるの？　もしかして、何かトリックを使って、この写真を撮ったってこ

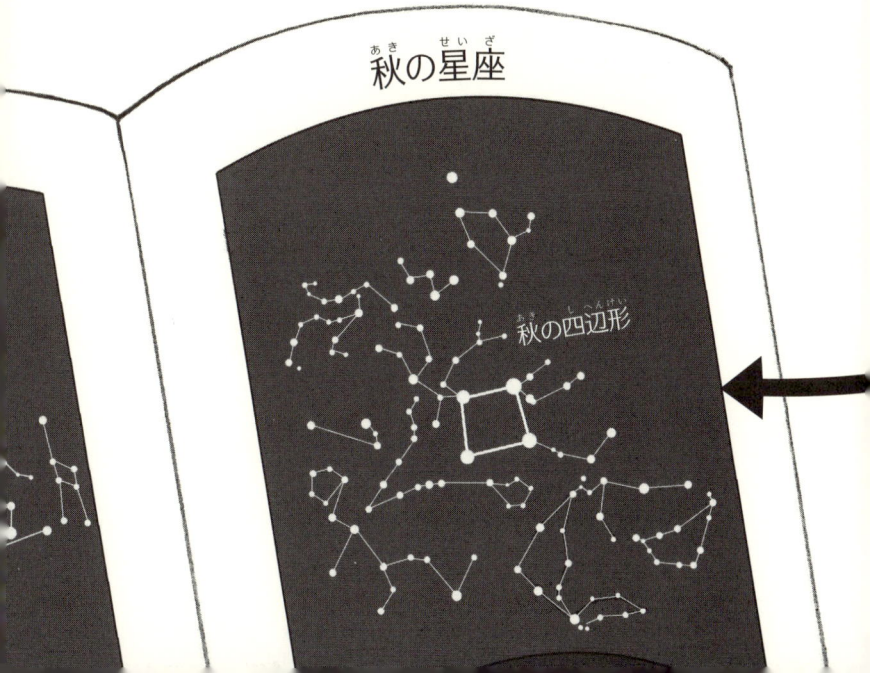

と？」

すると、真実が小さく首を横に振った。

「トリックなんて使っていないよ。星空と桜は、この場所がどこなのかを示す大きなヒントだったんだ」

「それって、いったい……？」

「健太くん、お花見は好きかい？」

「うん、大好きだよ。今年も家族みんなで近くの公園で楽しんだもん！」

「そうか。じゃあ、今からまたお花見をしてみるかい？」

「今から？　あのねえ、今は秋だよ、桜なんか咲いてるわけが――」

そのとき、健太はハッとした。

「もしかして、秋に咲く桜があるの？」

真実は大きくうなずいた。

「そのとおり、この写真に写っている桜は、秋に咲く桜なんだ。桜はふつう『春』に咲くイメージがあるけど、『十月桜』や『四季桜』、それに『子福桜』という桜は、『秋』にも花を咲かせるんだ」

「そんな桜があったんだ。ぼく、初めて知ったよ」

「ぼくは知識としては知っていたけど、最初この写真を見たときはまったく気づかなかったよ。夜空に秋の星座が見えていなかったら、たぶん気づかないままだっただろうね」

「もしかして、真実くんのお父さんが、わざと桜と一緒に星空が写るように写真を撮ったってこと？」

「ああ、そうだと思う」

「どうしてわざわざそんな写真を？」

「それはわからない。だけどこの場所に行けばわかるはずだ」

真実は写真を見つめた。

「父は、ぼくが花森小学校へ転校すれば、京都へ修学旅行に行くとわかっていたんだろう。ここに写っている観光客は『京都観光マップ』を持っている。そして屋台もある。それもヒントの一部だったんだ」

「秋に咲く桜ってそんなにいっぱいないよね？」
「ああ、数は限られる」
「ということは、探し出すことは不可能じゃない」
「そういうことになるね」
「やった！　じゃあそこへ行けば、真実くんのお父さんがなぜ写真を残したのか、そのナゾもわかるはずだよね！」
健太は大喜びしたが、真実は「だけど……」と言葉を続けた。
「もう時間がない。もっと早くにこの事実にたどり着いていたら、秋に咲く桜の場所を探すこともできたのに……」
お土産を買い終わったら、あとはバスに乗って帰るだけだ。
わずかな時間で写真の場所を探し出すのは不可能なように思えた。
「そんな、せっかく写真の場所がわかりそうだったのに……」
健太はくやしそうにそう言った。

「その情報、持ってるわよ！」

うしろから声がした。
振り返ると、美希が立っていた。
「話は聞かせてもらったわ。その写真にそんなナゾがあったとはね」
「美希ちゃん、情報を持ってるってどういうこと？」
「ふふふ、わたしを誰だと思っているの？　新聞部部長の青井美希よ。何も調べないで京都に修学旅行に来ると

思う？」
美希はバッグの中から何かを取り出した。
「ああ、それって！」
健太はそれが何かすぐにわかった。
『京都観光マップ』だ。
「ぼく、それ１００回は読んだよ！」
「１００回？　甘いわね、わたしは１０００回読んだわよ」
「えええ！」
「それだけじゃないわ」
美希はさらにバッグの中から数冊の本を取り出した。
『『続・京都観光マップ』『続々・京都観光マップ』、さらにおまけに『マル秘・京都観光マップ』も、わたしはちゃ～んとチェックしているわ」
「そ、そんなにシリーズが！」
「桜にいろいろな種類があるように、『京都観光マップ』にもいろいろ種類があるってことよ」

美希は『マル秘・京都観光マップ』を取り出し、あるページを開いた。

「ほらっ、この記事を見て」

美希はページのすみにある「豆情報」を指さした。

そこには、「桜って、秋にも咲くの!?」というタイトルの記事がある。

「もしかしてこれは……」

真実がその記事をじっと見つめる。

「ええ、そうよ。この記事は謎野くんが探したいと思っている秋に咲く桜の情報よ」

記事には、ある神社の近くに、秋に咲く桜があることが書かれていた。

「恋愛成就のパワースポットとして有名な神社かぁ」

「ええ。しかもその神社、ここから歩いて行ける場所にあるわ」

それを聞き、真実は顔をあげた。

「まあ、そこが謎野くんが探している写真の場所かどうかはわからないけど、神社があるんだから、観光客はいるだろうし、屋台ぐらい出てるでしょ。行く価値あると思わない？」

美希の言葉に、真実は小さくうなずいた。
「行ってみよう。行けば、写真の場所かどうかわかるはずだ」
真実は健太と美希とともに、神社にやってきた。
「桜の木はたしか、神社の近くにあるはずよね……」
真実と美希は桜の木を探した。

「あっ、あれ！」

突然、健太が声をあげた。
「桜の木があったのかい？」
「どこなの!?」
「い、いや、そうじゃないけど、あそこを見て！」
健太は神社の境内のほうを指さした。
そこには、見覚えのある人物が立っていた。

河合先生だ。

「どうして、河合先生があんなところにいるのよ？」

「それはわからないけど、真実くん、もしかすると、写真のナゾと関係あるのかもしれないよ！」

「まさか、河合先生が!?」

真実たちはあわてて物陰に隠れ、河合先生をじっと見つめた。

すると、河合先生は賽銭箱の前に立った。

「……先生と両想いになれますように。……先生と両想いになれますように……」

河合先生は手を合わせ、何度もそう言う。

「……ねえ、今、河合先生なんて言ったの？」

「両想いになれますようにって言ってたよね。だけど相手の名前は声が小さくて、先生としか聞こえなかったけど」

「なるほど……」

真実は小さな溜め息をもらした。

「河合先生はただこの神社に参拝しにきただけみたいだね。ここは恋が実るパワースポットとして有名なんだろう？」
賽銭箱の向こうには神社の本殿がある。
河合先生は本殿の中にまつられている神様に向かって、願いごとを言っていたのだ。
「つまり、河合先生は写真のナゾと関係ないってこと？」
健太がたずねると、真実は
「まったく関係ないね」
と答えた。
やがて、河合先生は神社から去っていった。
「相手の先生って誰なんだろう。なんだか気になるよね」
「わたしも気になるけど、今はそれどころじゃないでしょ」
「ああ。あと15分で集合場所に戻らないといけない」
「そ、そっか！　じゃあ早く桜を見つけなくっちゃ！」

真実たちはあわてて神社のまわりを見回した。
しかし、いくら探してもどこにも桜はない。
「どうして？　確かに秋に咲く桜があるはずなのに」
そのとき風が吹いた。
真実の手に、何かが舞い落ちる。
桜の花びらだ。
真実は前方をながめた。
そこには、1台のトラックが止まっている。
「桜が見えないのは、立っている場所のせいなのかもしれない」
真実は突然走りだした。
「あっ、真実くん！」
健太と美希はわけがわからないまま、あとに続く。
真実は道路を渡って、トラックのそばで立ち止まった。
「真実くん、どうしたの？」

「急に走りだすなんて、謎野くんらしくない――」
「あああ！」
健太は目の前の光景を見て思わず声を出した。
トラックの向こうに、満開の桜の木があったのだ。
「トラックが止まっていたせいで、ぼくたちが立っていた場所からは桜が見えなかったんだ」
「なるほど、そういうことだったのか！」
桜のそばには、おでんの屋台が出ていた。
真実は写真を取り出し、目の前の景色と見比べてみる。

「間違いない。ここが写真の場所だ」

真実はついに写真の場所にたどり着いたのだ。

「だけど、この場所に何があるんだろう？」
「きっと何かあるはずだ。父さんはそれをぼくに見つけさせるために、わざわざこの写真を撮ったんだ」
真実は何か手がかりがないか、必死にあたりを探す。
健太と美希もそれを手伝った。
すると、屋台でおでんの用意をしていたおじさんが、真実たちのほうを見た。

「もしかして、真実くんかい？」

「はい、ぼくが真実です」
「まさか、ほんとに来るとはねぇ」
おじさんは驚きながらも、屋台の棚から何かを取り出すと、そばにやってきた。
「1年前、キミのお父さんだという謎野という人から手紙を預かっていたんだ。もしここに息子の真実が来たら、渡してほしいって」
おじさんは手紙を真実に渡した。

「真実くん、何て書いてあるの!?」
「わたしにも見せて！」
健太と美希は、真実が受け取った手紙をのぞき込んだ。
真実はその手紙を読んだ。

真実、よくこの場所までたどり着いたね。
おまえなら、星空と桜、そして屋台と観光客が持っている本で、きっとこの場所までたどり着くことができると思っていたよ。
おまえがこの手紙を読んでいるということは、わたしの行方がわからなくなったということだね。
実は、わたしは、ある人物にねらわれているんだ。
行方不明になったのは、その人物に捕まってしまったためだろう。
ここにたどり着けたということは、おまえがするどい推理力を持っている証拠だ。
おまえはもう立派な探偵だ。

頼む。どうかわたしを助けてくれ。
おまえの探偵としての推理力があれば、きっとわたしを見つけることができるはずだ。
だけど、くれぐれも注意するんだぞ。
わたしをねらっている人物は、おまえもよく知っている人物だ。
だから、誰も信じちゃいけない。
自分の推理力だけを信じるんだ。
真実、おまえがきっと来てくれると信じている。頼んだぞ！

謎野快明

「謎野くんのお父さんは誰かに捕まってしまったのね……」
「じゃあ、島の住人全員が一夜のうちに消えた事件っていうのも……」
「それも、父を捕まえた人物のしわざかもしれない」

健太と美希はゴクリとつばをのみこんだ。
真実は真剣な表情でふたりのほうを見る。

「ぼくは父さんを助ける。捕まえた人物が誰だろうと関係ない」

「真実くん……」
捕まっている父親をこのまま放っておくことなどできない――そんな真実の気持ちが、健太と美希には痛いほどわかった。

「だったら、ぼくも手伝うよ」

「わたしも。新聞部の部長として真相を知りたいわ」

「健太くん、青井さん……」
「わたしのことは美希でいいわよ。わたしも、真実くんって呼ぶわね」
美希が真実にほほえむ。
「力を合わせれば、きっとお父さんを見つけられるはずだよ」

健太もほほえむ。

真実の父を捕まえたのは誰なのだろう？

真実がよく知っている人物というのは、いったい？

「健太くん、美希さん、そろそろ戻ろう。手紙には誰も信じるなと書かれていたけれど、キミたちのことだけは信じてもいいはずだ。父をどうやって見つけ出すか、3人で考えないと」

真実がそう言うと、健太と美希は大きくうなずいた。

（つづく）

SCIENCE TRICK DATA FILE

科学トリック データファイル

星で季節を知る

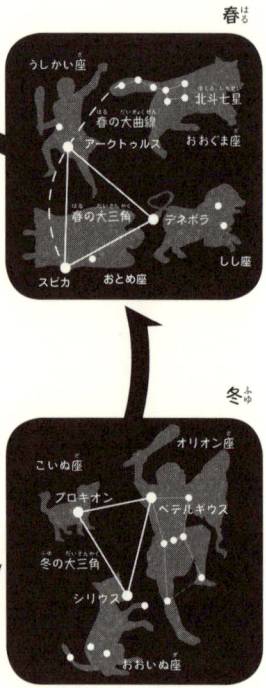

季節によって見える星座は変わります。右の図は、各季節の代表的な星空です。

実際に夜空をながめるときは、図で紹介したよく光る星や、覚えやすい星座を目印にして、星をたどっていくといいですよ。

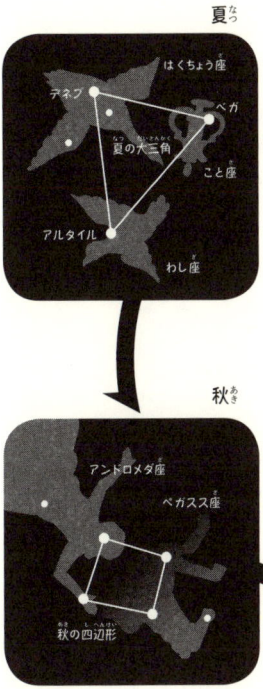

A.それぞれの季節の星空の特徴を覚えておくといいよ

号外

花森小新聞

花森小学校新聞部発行

責任編集：青井美希

京 都でのお泊まりは！
美龍仙旅館

独占スクープ!! 謎野真実くん 3つのナゾに迫る！

タブー解禁!!

いまだ私生活がベールにつつまれた、謎野真実くん。徹底取材で浮かびあがった、三つのナゾとは？

ナゾ1　海外生活が長い？

謎野くんは、温泉の大浴場に水着を着て入り、帽子をかぶって眠る。また宿の食事では、ランチョンマットを持参していたという。これらはいずれも外国の習慣だ。海外での生活が長かったのだろうか？

ナゾ2　驚異の身体能力！

体育の授業は、必要最低限のことを淡々とこなす謎野くん。しかし、枕投げでは、無数の枕をすばやくかわしたという。実は、謎野くんは頭脳だけでなく、運動神経も抜群であると記者は断言する。

ナゾ3　なぜ宮下くんと？

最大のナゾは、学校一の有名人・謎野くんが、なぜ目立たない宮下くんと仲がいいのかということだ。

その疑問を宮下くん本人にぶつけたところ、「ふたりとも、あんこはつぶあん派だからかな？」と、要領を得ない回答しか得られなかった。

解明!! 絵の裏のお札のナゾ!!

修学旅行生を恐怖におとしいれた美龍仙旅館の絵の裏のお札……。宿への取材から、お客様の旅の無事を祈って、すべての部屋で貼られていたことがわかった。

予告!! 新たな都市伝説

花森小に遅刻者や寝不足の者を続出させている都市伝説が出現。深夜0時に動画サイトに現れる未来人とは？

佐東みどり

脚本家・作家。アニメ「サザエさん」「ハローキティとあそぼう！まなぼう！」などを担当。小説に「恐怖コレクター」シリーズ、「謎新聞ミライタイムズ」シリーズなどがある。
（執筆：プロローグ、6章、原案：2章）

石川北二

監督・脚本家。脚本家として、映画「かずら」（共同脚本）、「燐寸少女 マッチショウジョ」などを担当。監督としての代表作に、映画「ラブ★コン」などがある。
（執筆：3章、4章）

木滝りま

脚本家・作家。脚本家として、ドラマ「念力家族」「ほんとにあった怖い話」、アニメ「スイートプリキュア♪」など。代表作に、『世にも奇妙な物語 ドラマノベライズ 恐怖のはじまり編』がある。
（執筆：1章、5章、原案：2章）

田中智章

監督・脚本家。脚本家として、アニメ「ドラえもん」、映画「シャニダールの花」などを担当。監督としての代表作に、映画「放課後ノート」「花になる」などがある。
（執筆：2章）

挿画

木々（KIKI）

マンガ家・イラストレーター。代表作に、「バリエガーデン」シリーズ、「ラヴ ミー テンダー」シリーズなどがある。
公式サイト：http://www.kikihouse.com/

ブックデザイン
アートディレクション

辻中浩一
＋
吉田帆波（ウフ）

好評発売中！

科学探偵 謎野真実シリーズ 3

科学探偵 VS. 魔界の都市伝説

深夜0時――。
動画サイトに現れる不気味な人影。
「ワタシハ未来人。コレカラ起キル
恐怖ノ出来事ヲ予言スル」
聞くと死ぬメロディー、タクシーの幽霊、
人面犬、八尺様――。
予言どおりに、花森町で具現化する都市伝説の数々。
「謎野真実ヨ。コノ恐怖ヲ止メルコトガデキルカ？」
真実と未来人との、戦いが始まる。

監修　金子丈夫（筑波大学附属中学校元副校長）
編集デスク　橋田真琴、大宮耕一
編集　河西久実
校閲　宅美公美子、船橋史、西海紀子（朝日新聞総合サービス）

本文図版　細雪純
コラム図版　佐藤まなか
ブックデザイン / アートディレクション　辻中浩一 + 吉田帆波（ウフ）

おもな参考文献
『新編 新しい理科』3～6（東京書籍）／『キッズペディア 科学館』日本科学未来館、筑波大学附属小学校理科部監修（小学館）／『週刊かがくる 改訂版』1～50号（朝日新聞出版）／『週刊かがくるプラス 改訂版』1～50号（朝日新聞出版）／「ののちゃんのDO科学」朝日新聞社（https://www.asahi.com/shimbun/nie/tamate/）

※この物語に出てきた鬼心寺と旅館は実在しません。

科学探偵（かがくたんてい） 謎野真実（なぞのしんじつ）シリーズ 2
科学探偵（かがくたんてい） VS. 呪（のろ）いの修学旅行（しゅうがくりょこう）

2017年12月30日　第1刷発行
2022年3月10日　第11刷発行

著者　作：佐東みどり　石川北二　木滝りま　田中智章　絵：木々
発行者　橋田真琴
発行所　朝日新聞出版
〒104-8011
東京都中央区築地5-3-2
編集　生活・文化編集部
電話　03-5541-8833（編集）
03-5540-7793（販売）

印刷所・製本所　大日本印刷株式会社
ISBN978-4-02-331639-3
定価はカバーに表示してあります

落丁・乱丁の場合は弊社業務部（03-5540-7800）へ
ご連絡ください。送料弊社負担にてお取り替えいたします。

© 2017 Midori Sato, Kitaji Ishikawa, Rima Kitaki, Tomofumi Tanaka ／ Kiki,
Asahi Shimbun Publications Inc.
Published in Japan by Asahi Shimbun Publications Inc.

こころが育つ 道徳マンガ

朝日新聞出版の児童書

自分も学校も好きになる!

13のこころのおはなし

平 光雄 作／楠美 マユラ 絵

定価:本体1,000円+税／A5判／128ページ

“心のモヤモヤ”の解決方法を
教えにやって来た先生は、実はオニだった!?

「本当の友だちって何だろう?」「自分に良いところがあると思えないときは?」
「知らない間に友だちを傷つけているかも!?」
「失敗するのが恥ずかしいときはどうすればいいの?」

実在するカリスマ先生が、みんなの疑問に
マンガでわかりやすく答えてくれるよ!

みんなの感想

「オニ先生が自分の担任だったらいいな!」
(小4女の子)

「ラストが感動的」
(小3男の子)

「面白くて一気に読んだ」
(小5女の子)

科学クイズにちょうせん！
5分間のサバイバル

定価：本体各860円＋税／A5判／184ページ

サバイバルシリーズが、科学クイズ本になった！
「おなかはどうして鳴るの？」「海の水はどうしてしょっぱいの？」など、
科学に関するクイズを、
サバイバルの人気キャラクターたちといっしょに解こう。
学校の朝の読書の時間にも最適。
人体、生き物、自然……など、毎回4つのテーマに、
それぞれ10のクイズと、くわしくわかる解説がついているよ。
5分間で科学のふしぎがよくわかる！

サバイバルがドリルになった!!

なぞ解きサバイバルシリーズ

サバイバル+文章読解 推理ドリル

新学習指導要領対応
全体読み
↓
部分読み
のテクニック

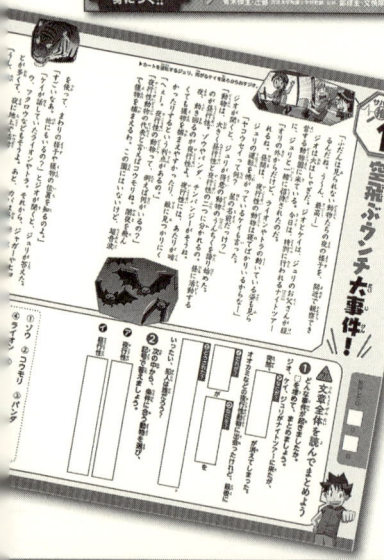

全体読み➡部分読みとは?

全体読み
何が起きたのか、何が問題なのか。
文章全体を読んでとらえよう!

▼

部分読み
解決する手がかりはないか。
全体読みでわかったことを意識して、
部分ごとに細かく読もう!

▼

ズバリ解決!
手がかりのつながりを整理すると、
答えが見えてくる!

「科学漫画サバイバル」が文章読解ドリルになって登場!「空飛ぶウンチ大事件!」など、謎めいた12のストーリーを収録。犯人は? トリックは? 科学推理に挑戦しよう!

●定価:本体各750円+税 ●B5判・オールカラー